研究&方法 寫論文太輕鬆

建立個人專屬資料庫，檔案分類一目了然！

淡定學 📄 RefWorks

童國倫　張楷焄　林義峯 著

資料編輯Step by Step，智慧管理效率加倍！

五南圖書出版公司 印行

序

　　由於資訊爆炸的衝擊，研究人員面對的不是資訊的不足，而是如何管理浩瀚的資訊，並善用這些資訊建立起個人的知識庫，將時間和空間從繁瑣的檔案管理和文書處理當中釋放出來，專注於研究領域的課題。而「書目管理軟體」也是呼應這種需求而產生的一種工具，藉由這樣的管理工具，研究者就可以利用自己的電腦甚至於公共電腦進行論文管理和撰寫的工作，讓資料的管理變得更加無遠弗屆。

　　書目管理軟體 RefWorks 是一種雲端軟體，而且有中文化的介面，但是對於不了解書目管理軟體為何物？該如何快速上手？如何設定個人偏好？等種種問題還是需要一個合適的入門教材。本書共分五章，第一到三章是 RefWorks 的操作，包括帶領讀者於雲端建立個人 Library 收集大量資料、利用進階管理技巧與 Write-N-Cite 功能將資料進行整理和分享，以及利用範本精靈建立起段落、格式都符合投稿規定的文件，並自動形成正確的參考書目 (Reference) 引用格式。第四和第五章則省卻耗費版面的 Word 2010 指令基本操作，直接引導讀者進入進階功能，例如中英雙欄對照的版面製作、功能變數設定，以及自動製作索引的技巧等，以上都是撰寫論文時相當重要的功能。

　　很多人以為書目管理軟體較適用於理工領域，其實它也同樣重視人文、社會、經濟、法律等學科，由資料匯入轉換器以及論文範本精靈可以發現它們其實適合各種研究背景，除了資料轉換器和論文範本會不斷地更新，使用者亦可進行各種個人化的偏好設定，可說是一種跨領域又極富彈性的通用軟體。

　　此外，研究人員經常會伴隨一些疑問：要投稿到哪個期刊比較好？

國科會要求的期刊排名應該如何填寫？因此，本書也將如何使用 Journal of Citation Report 資料庫 (JCR) 的方法撰寫於書末，務使一切與論文管理與寫作有關的項目都可以在本書中找到解決方案。

　　本書能夠順利付梓，要感謝五南圖書出版公司穆文娟副總編輯及其同仁在排版、執行上的費心規劃，尤其簡愷立小姐在封面上的精心設計，都讓本書增色不少，謹此一併致謝。

童國倫　張楷焄　林義峯　識

序

目　錄

Part I　RefWorks 資料庫、編輯與管理

第一章　建立 RefWorks 資料庫

1-1　RefWorks 簡介　　2

1-2　建立 RefWorks 資料庫　　4

   1-2-1　新增／刪除書目資料　　4

   1-2-2　建立 RefWorks 文件夾　　5

   1-2-3　鍵入書目資料　　7

1-3　由資料庫匯入書目資料　　11

   1-3-1　以 OCLC FirstSearch 為例　　11

   1-3-2　以 EBSCOHost Web 為例　　15

1-4　同一介面查詢線上資料庫　　18

1-5　轉成文字檔形式匯入　　22

   1-5-1　以 SDOS/EJOS 電子期刊全文資料庫為例　　23

   1-5-2　以 ACM 資訊期刊全文資料庫為例　　29

1-6　網頁擷取功能 –RefGrab-It　　31

1-7　RSS 供稿　　35

第二章　RefWorks 整理與編輯（一）

2-1　書目的管理　　48

2-1-1　找出重複的資料　　　　　　　　　　　　48

2-1-2　查詢書目資料　　　　　　　　　　　　　50

2-1-3　組織文件夾　　　　　　　　　　　　　　54

2-1-4　全域編輯 Global Edit　　　　　　　　　56

2-2　資料庫的管理　　　　　　　　　　　　　　59

2-2-1　匯出資料 Export　　　　　　　　　　　　59

2-2-2　備份／還原 Backup／Restore　　　　　　63

第三章　RefWorks 整理與編輯（二）

3-1　利用 RefWorks 線上資料庫撰寫論文　　　　66

3-1-1　在文稿中插入引用文獻　　　　　　　　　66

3-1-2　利用 RefWorks 進行書目編製　　　　　　69

3-2　利用 Write-N-Cite 撰寫論文　　　　　　　76

3-2-1　安裝並使用 Write-N-Cite　　　　　　　76

3-2-2　離線使用 Write-N-Cite 撰寫論文　　　　83

3-2-3　選取或更換引用書目樣式　　　　　　　　86

3-2-4　引用文獻的增刪、 移動　　　　　　　　90

3-3　定稿及書目編製　　　　　　　　　　　　　94

3-3-1　文稿之書目編製 Format Paper and Bibliography　94

3-3-2　參考文獻列表之書目編製　　　　　　　　102

3-3-3　輸出格式編輯器 Output Style Editor　　102

Part II 論文排版要領

第四章 版面樣式與多層次清單

4-1 簡介 Word 2010 介面 116

4-2 版面設定 120

4-2-1 邊界設定 120

4-2-2 行距與縮排 124

4-2-3 尺規工具 128

4-2-4 頁碼設定 132

4-2-5 雙欄格式 138

4-2-6 中英雙欄對照 143

4-2-7 表格工具 147

4-3 多層次清單 153

4-3-1 設定多層次清單 155

4-3-2 撰寫標題及內文 159

4-3-3 製作目錄 165

第五章 參考資料與索引

5-1 參照及目錄 172

5-1-1 章節交互參照 172

5-1-2 圖表交互參照 177

5-1-3 方程式交互參照 184

5-2 引文與註腳 190

5-2-1 參考文獻 190

5-2-2 註腳與章節附註 201

5-3　索引及校閱　　　　　　　　　　　　　　　　　　208

　　5-3-1　索引製作　　　　　　　　　　　　　　　　　208

　　5-3-2　追蹤校閱　　　　　　　　　　　　　　　　　216

附錄 A　期刊評鑑工具

附錄 B　匯入書目步驟 -RefWorks

Part 1

RefWorks 資料庫編輯與管理

▶ 第一章　建立 RefWorks 資料庫

第二章　RefWorks 整理與編輯（一）

第三章　RefWorks 整理與編輯（二）

RefWorks 是一種架構在網路上 (Web-based) 的書目管理軟體，由 CSA (Cambridge Scientific Abstracts) 所發展，使用者在 RefWorks 所建置的網站上設定帳號和密碼以開啟個人資料庫，進行書目資料的輸入、查詢與輸出，並可依據需求以適當的書目插入文章之中，在文末形成參考文獻。

我們可以將 RefWorks 的設計概念在於模擬一套屬於自己的資料庫，這座資料庫由原先空無一物開始，由我們將資料一筆一筆的或是一次多筆的放進文件夾中，這些資料包含圖書、期刊論文、影音媒體、法律文件等等。當資料庫內的資料多了起來，還可以透過文件夾將資料歸類，檢索的功能則可輕鬆調閱所需資料，方式就和查詢圖書館館藏目錄一樣的便利。到了撰寫論文的階段，透過 RefWorks 所整理的書目資料和自動形成引用格式的功能可以大幅地減少各項文書工作的時間。

1-1　RefWorks 簡介

建立 RefWorks 個人資料庫，首先必須先設定一組帳號和密碼。通常大專院校圖書館或是研究機關會以團體購買的方式供研究人員使用，因此可以直接在特定的網域中進行註冊與登入。如果是個人用戶或者試用者的話，則可以連線到 RefWorks 的登入中心進行註冊登入。

此外，我們也會在登入中心的畫面看到所謂的「組碼」(Group Code)。這是當我們不在授權網域內時必須輸入的所屬單位代碼。例如交通大學代碼等。每個單位都有自己的單位代碼，除了可以詢問圖書館等單位以得知組碼之外，第一次註冊後，系統也會發送一封 E-mail 到我們的信箱，其中就會包括我們所屬單位的組碼了，如圖 1-2 所示。

圖1-1 RefWorks 登入畫面

圖1-2 RefWorks 註冊成功通知

　　圖 1-3 是 RefWorks 的工具列，每項工具都有下拉式的選單，而右方還有一個快速檢索的功能，在空格中填入關鍵字，就可以搜尋資料庫中

相關的書目資料。我們可以將這個資料庫視為個人專屬的數位圖書館，接下來我們將利用各種工具建立圖書館的目錄，並且豐富它的館藏。

圖1-3　RefWorks 工具列

1-2　建立 RefWorks 資料庫

1-2-1　新增／刪除書目資料

　　RefWorks 提供了 1. 自行鍵入書目資料，以及 2. 自動匯入書目資料兩種方式建立資料庫，自動匯入又可以分為：由資料庫匯入、同一查詢介面線上資料庫、以文字檔匯入以及網頁擷取四種方式。其關係表示如圖 1-4 所示。

　　「自行鍵入書目資料」就是一筆一筆地將資料以 Key-in 的方式或是剪貼 (copy & paste) 的方式輸入，「自行匯入」則是將資料庫的資料自動匯入 RefWorks 中。

　　不論是自行單筆鍵入或是自動匯入，本書都詳列其步驟，照著這些簡易的方法，絕對可以快速建立自己的資料研究庫。

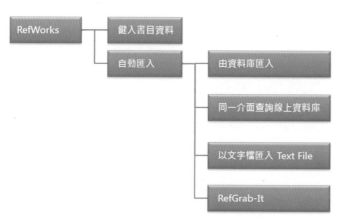

圖1-4　建立 RefWorks 資料庫的途徑

1-2-2　建立 RefWorks 文件夾

　　首先，我們先介紹如何在 RefWorks 資料庫中建立各種文件夾。建立文件夾是為了將資料分門別類。就像圖書館會有許多不同領域的資料一樣，我們可以依據資料的性質建立不同的資料夾，例如，圖書、期刊或專利；或是依據任務分類，如專題報告和學位論文；或者直接以休閒資料及研究資料區分。當然，也可以完全不建立資料夾，待將來有需要時再整理也不遲。

　　要建立文件夾，首先在 RefWorks 畫面中點選「新資料夾」即可建立及命名資料夾，如圖 1-5 所示。我們可以依據我們的研究領域或計畫名稱作為命名的依據。這樣對於將來的辨識與分享都有很大的幫助。例

如，此處我們以 *Molecular Simulations* 做為文件夾的名稱。

圖1-5　為資料夾命名

這樣就成功的建立一個資料夾了。我們可以依據需求建立多個資料夾以方便管理資料。回到 RefWorks，點選畫面中的「**組織並分享資料夾**」就可以看見剛才建立的文件夾了。

圖1-6　檢視剛建立的文件夾

1-2-3　鍵入書目資料

所謂自行鍵入書目資料是指 RefWorks 的「新增書目」功能，它將已知的資料填入相對應的欄位中，使用可以自行鍵入 (Key-in) 或是剪接 (Copy-Paste) 其它視窗或文件的資料。在建立資料庫的方法中，可表示如下：

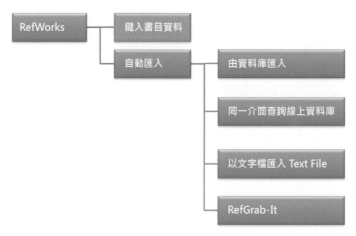

圖1-7　建立 RefWorks 資料庫的途徑（一）

要將資料鍵入 RefWorks 資料庫，首先點選工具列上的「書目」、「新增」。隨後，設定「欄位使用人」項目，這一個選項為設定書目資料的輸出格式，在此我們選用「Harvard British Standard」為顯示格式，而「Reference Type」（書目類型）則選擇為「期刊文章」。欄位使用人項目也可以透過下拉式選單，依據個人需求予以更改；而 Reference Type 也可以依書目類型而做一更換。

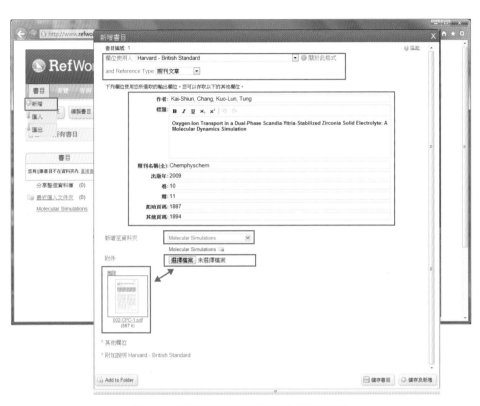

圖1-8　選擇書目資料類型並填入資料

　　接下來繼續將已知的資料一一填入對應的欄位。作者輸入的方式為姓氏在前，名字在後。如有多位作者，則作者間應以分號逗開。例如：「Chang, Kai-Shiun；Tung, Kuo-Lun」；關鍵字部分亦然，詞與詞之間必須以分號區分開來。

　　如僅僅輸入篇名、作者及出處等資料只是將圖書館的「目錄」製作完成，但還缺少真正的「館藏」。因此，若能取得全文資料、圖片或影音檔等資料，亦可在「附件」的欄位中選取欲上傳的電子檔案，將附件存於書目資料中。完成資料輸入之後，按下「儲存及新增」就完成了存檔。隨後按下右上角的「 X 」即可回到書目列表，或點選工具列上的

「瀏覽」、「所有書目」即可瀏覽書目資料，如圖 1-9 所示。

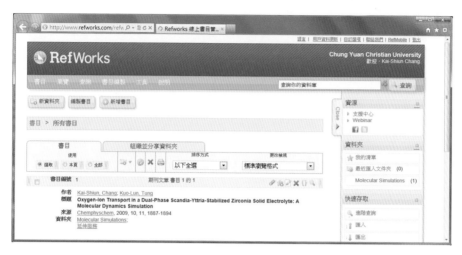

圖1-9 建檔完成的書目資料

拉下「更改檢視」的選項即可選擇不同的瀏覽方式。

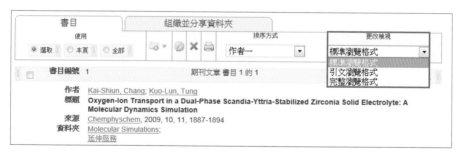

圖1-10 選擇不同瀏覽格式

若要修改資料，先切換瀏覽格式為「標準瀏覽格式」或「完整瀏覽格式」，然後按下右方的 ✍ （編輯）即可進行編輯動作。如果有多筆資料要輸入的話，只要重複上述的步驟即可。

圖1-11　編輯現有的書目資料

　　反之如果我們不再需要某筆書目資料，先勾選要刪除的資料後，按下「✖」(刪除) 即可。為了避免資料被大量誤刪，如果我們選擇刪除「本頁」或是「全部」資料時，RefWorks 會跳出一個確認欄，使用者必須填寫系統給予的文字後才會執行刪除。

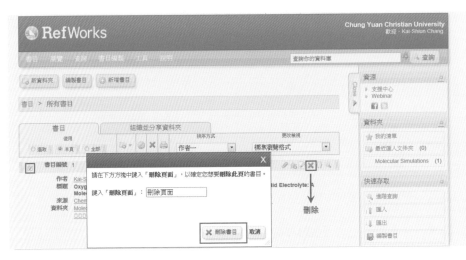

圖1-12　RefWorks 防止資料誤刪的機制

　　經由上述練習，我們可以發現：單是一筆書目資料，就具備相當多個欄位 (刊名、篇名、作者、摘要、關鍵字、…)，利用自行鍵入的方法

得要花上許多時間才可能完成，所以接下來要介紹的匯入 (Import) 方法就是直接透過 RefWorks 轉換器，讓資料自動找到正確的欄位並儲存，以匯入的途徑而言，它們是屬於「自動匯入」的位置。

1-3 由資料庫匯入書目資料

除了單筆輸入之外，許多的資料庫已經配合書目管理的出現，提供直接大量匯入的功能。以下我們將介紹幾個知名資料庫的書目匯入方式，並提供重要的資料庫匯入一覽表 (附錄 B)。以供參考。

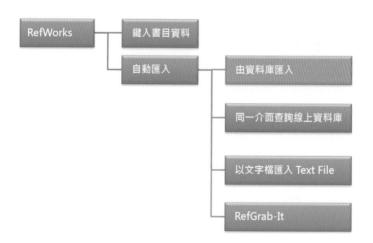

圖1-13 建立 RefWorks 資料庫的途徑（二）

1-3-1 以 OCLC FirstSearch 為例

OCLC FirstSearch 檢索系統是由 Online Computer Library Center (OCLC) 所建置，包含 ECO 、 PapersFirst 、 ProceedingsFirst…等約 80 餘個資料庫，屬於一種綜合性資料庫檢索平台，收錄了期刊、圖書與會議論文等資料。其學科領域的資料相當廣泛，例如人文藝術、商業經濟、

生命科學、自然及應用科學、法律和教育等領域。其知名的會議論文
資料庫 (PapersFirst 及 ProceedingsFirst) 更是取得世界會議論文的最佳幫
手。

　　在資料庫中檢索完資料後，勾選要匯入 RefWorks 的書目。按下
 輸出。(中文版界面為 輸出)。

圖1-14　選擇輸出書目資料

　　選擇 **輸出到:** ◉ **RefWorks** 後，按下 Export 。(中文界面為 輸出)

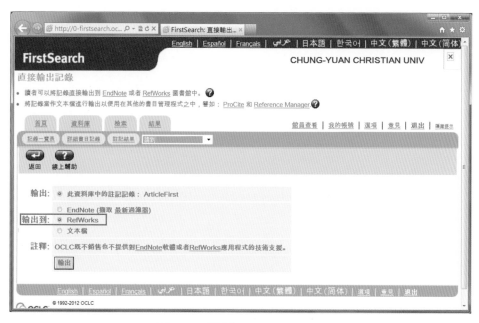

圖1-15 選擇 RefWorks 選項

　　選定的書目資料會自動匯入已經開啟的 RefWorks 資料庫當中。按下
「 ✕ 」即可切回 RefWorks 主畫面。

圖1-16 匯入完成

選定的書目資料會自動匯入已經開啟的 RefWorks 的資料庫當中。點選 **最近匯入文件夾** 即可檢視剛才匯入的數筆資料。

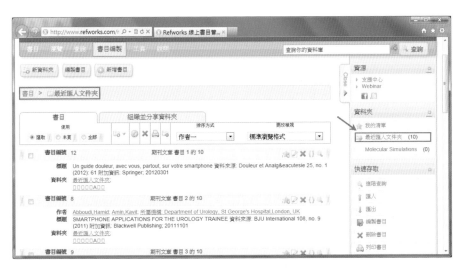

圖1-17 顯示最近匯入資料夾

　　由於匯入完成的資料並不會帶有全文 PDF 檔，因此盡可能在置入附件時將資料補齊，下次開啟就不用再花時間尋找全文。此外，雖然 RefWorks 可以支援中文資料的匯入，但是萬一系統不穩定時發生無法顯示書目的情形時，建議至畫面上方將 OCLC 介面換成英文介面重新匯入。

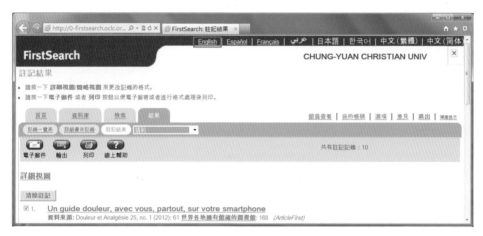

圖1-18　OCLC 轉換語言介面

1-3-2　以 EBSCOHost Web 為例

　　EBSCOHost 是由許多資料庫所組成的綜合性資料庫檢索平台，內容包括了 Academic Search Premier / Elite 綜合各領域資料、Business Search Premier 商管財經類資料、ERIC 教育類資料、EonLit 經濟學資料、MLA International Bibliography 當代全球語言文學資料…等資料庫。以下將介紹匯入 RefWorks 的方法。

　　點選　新增至資料夾　將需要的書目放入 EBSCOHost 的資料夾。

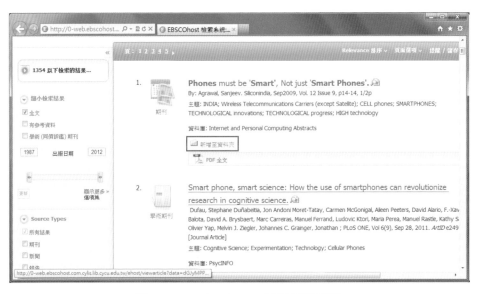

圖1-19　EBSCOHost 檢索結果畫面

當資料進入資料夾後，右方會出現「資料內有文章的欄位」。按下「資料夾檢視」以進入資料夾。

圖1-20　前往資料夾檢視頁面

勾選要匯出的書目資料後，點選「匯出」。

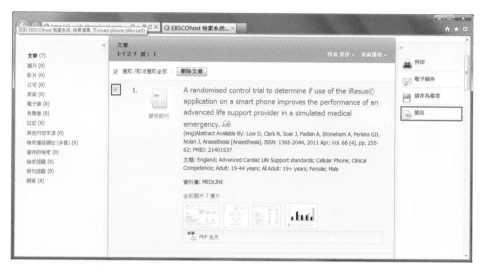

圖1-21　顯示最近匯入資料夾

點選「**直接匯出至 RefWorks**」，隨後按下「**儲存**」以存入 RefWorks。

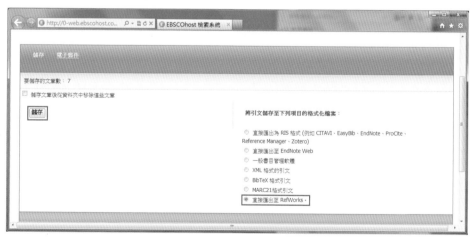

圖1-22　EBSCOHost 資料庫支援直接匯入 RefWorks

檢視最近匯入文件夾即可檢視剛才檢索的書目資料。

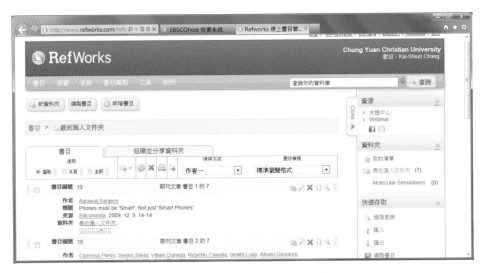

圖1-23　EBSCOHost 資料庫支援直接匯入 RefWorks

1-4　同一介面查詢線上資料庫

　　以上我們介紹了如何利用資料庫將書目資料匯入 RefWorks 的方法，除此之外，我們還可以直接由 RefWorks 連結到其他線上資料庫進行檢索和匯入。一般來說，各大學及公共圖書館的館藏目錄、以及 NLM (美國醫學圖書館) 的 PudMed 資料庫是免費提供檢索的，在查詢上幾乎沒有什麼問題；至於我們所屬的大學、機關所購買的線上資料庫則因為擁有使用權，因此也可以進行查詢和下載。直接連結的優點是我們可以利用同一個介面檢索不同的資料庫，並直接儲存結果。而其缺點則在於它的檢索欄位可能有限，無法如同個別資料庫可能會有特殊的檢索欄位以供利用。

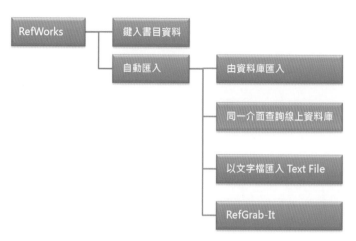

圖1-24　建立 RefWorks 資料庫的途徑（三）

點選「查詢」、「遠端資料庫」即可進入線上資料庫進行檢索。

圖1-25　開啟線上資料庫的功能

以下拉式選單的方式選擇線上資料庫。 RefWorks 提供的連結除了 PudMed 之外，多為大學圖書館館藏。此處我們以 PubMed 資料庫為例在檢索欄位輸入關鍵字，然後按下「查詢」。

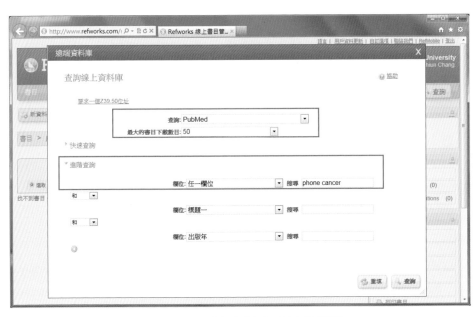

圖1-26　兩種查詢模式–快速與進階

　　RefWorks 線上資料庫查詢結果會另開視窗顯示，其畫面如圖 1-27，此時的視窗僅提供預覽結果，如果要真正將書目存入 RefWorks 中，則必須執行「匯入」的動作。隨後回到原視窗，檢視剛匯入的資料已經從 RefWorks 的預覽視窗移到文件夾中了。

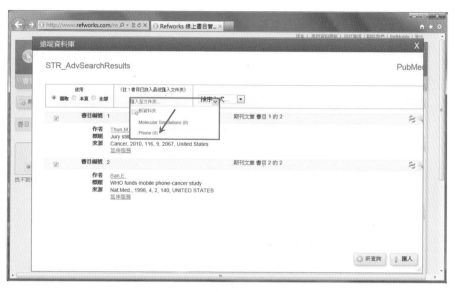

圖1-27　將搜尋結果匯入 RefWorks

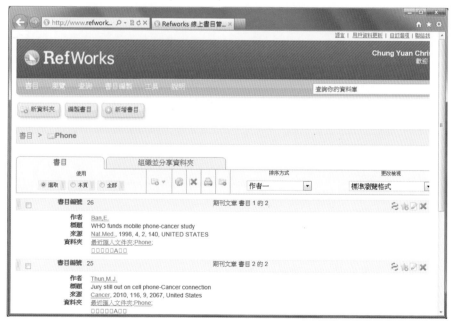

圖1-28　匯入的資料進入了 RefWorks 文件夾中

1-5　轉成文字檔形式匯入

　　能夠直接將資料匯入 RefWorks 資料庫固然好，但是並非所有的資料庫都提供直接匯入的功能，而是必須透過轉換的過程，其重要的環節是該書目資料具備 RefWorks 能夠辨識、匯入的格式，再利用轉換器將檔案匯入。以下我們將介紹這種間接匯入的操作過程。

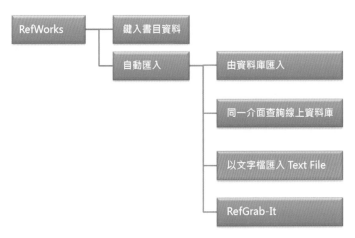

圖1-29　建立 RefWorks 資料庫的途徑（四）

圖1-30　以文字檔形式匯入 RefWorks

1-5-1　以 SDOS/EJOS 電子期刊全文資料庫為例

此處我們以 SDOS (ScienceDirect OnSite) 為例，示範兩種匯入 RefWorks 的方法：**(1) 複製標籤資料以匯入；(2) 存為文字檔再匯入。**

1. 複製標籤資料以匯入

在檢索結果的畫面中，按下 <u>Bibliographic Page</u>　，檢視該篇論文的資料如圖 1-31 所示。

圖1-31　匯入書目檢視頁

隨後點選 <u>Get citation export (Reference format)</u> 。

圖1-32　匯入書目檢視頁

複製內容，包括標籤 (tag) 及文字。

圖1-33　複製 SDOS 書目內容

　　回到 RefWorks，點選「書目」、「匯入」。其中匯入來源選擇「從文字」項目。並將匯入轉換器／資料來源設定為「Science Direct On Site」，接著將剛才複製的內容貼到圖 1-34 下方「由以下文字匯入資料」的空格中，接著按下「匯入」即可。

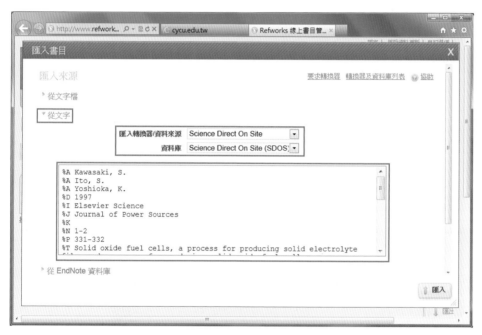

圖1-34　指定匯入轉換器

1-5　轉成文字檔形式匯入

如此一來，資料的匯入就完成了。

圖1-35　檢視匯入的資料

2. 存為文字檔再匯入

　　另一個方式較為繁複，首先第一與第二步驟與前述相同，找到需要的資料，按下　Get citation export (Reference format)　。利用「檔案」、「另存新檔」的步驟將資料存成純文字檔 (.txt)。

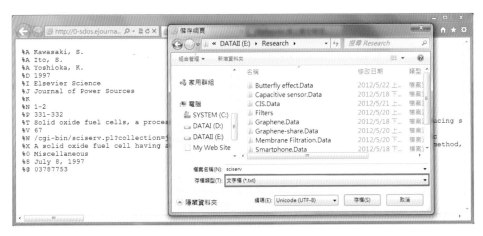

圖1-36　將資料存為純文字檔

　　回到 RefWorks，在匯入來源中，選取「從文字檔」，並將匯入轉換

器/資料來源設定為「Science Direct On Site」。接著，按下「瀏覽」，
找出剛才儲存的文字檔，再按下「匯入」即可。

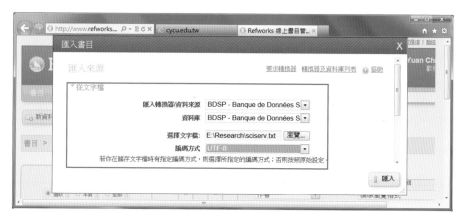

圖1-37　利用另存文字檔匯入資料

　　如果檢索的同時可以取得全文資料，則盡可能將其一併儲存在
RefWorks 當中。

圖1-38　找出全文資料並存檔

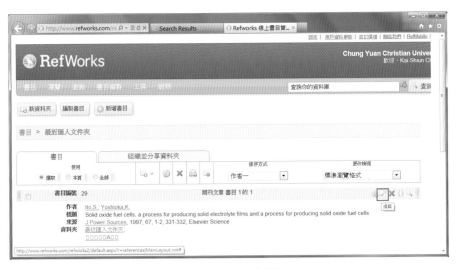

圖1-39　開啓書目編輯功能

　　將全文資料當作附件上傳，隨後按下「**儲存書目**」即可。將來在利用本資源時，也可以一併開啟 PDF 檔原文，相當便利。

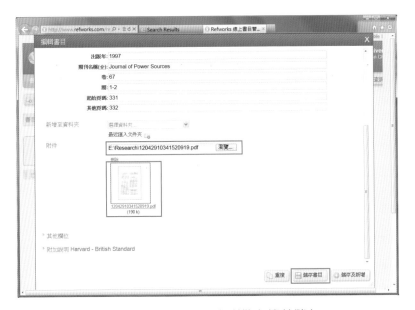

圖1-40　將全文資料視為附件上傳並儲存

1-5-2 以 ACM 資訊期刊全文資料庫為例

　　ACM 全文資料庫是由 Association for Computing Machinery (ACM) 所製作，主要收錄了資訊與電腦教育等方面領域的期刊以及會議論文，內容包括全文及索引摘要等近九千種，是電腦資訊領域中具權威的資料庫。由 ACM Digital Library 檢索後可得如圖 1-41 的畫面，點選圖中 BibTeX 選項輸出書目資料。

　　接著會跳出圖 1-42 的視窗，利用滑鼠拖曳功能選擇全部文字，然後進行複製。

圖1-41　點選輸出格式

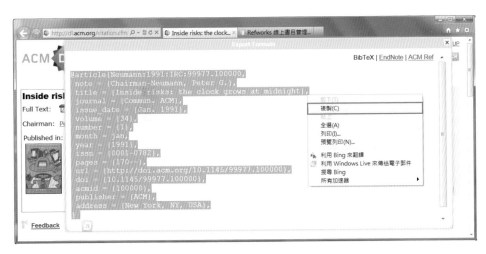

圖1-42　複製 ACM 書目內容

　　回到 RefWorks，在匯入轉換器的部分選擇「BibTex」，在資料庫的部分選擇 ACM Digital Library，將剛才複製的文字貼在下方的空格中，這樣的方式可免去另存文字檔的步驟。隨後按下「匯入」即可。

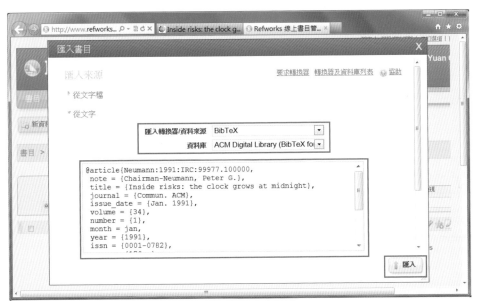

圖1-43　ACM 的匯入設定

　　同樣地，盡可能的將全文資料一併儲存至 RefWorks 附件欄。我們可以發現，不論是採用存成文字檔再匯入，或是複製文字的方式貼上的方式都可以匯入資料。以節省時間的觀點來說，複製／貼上的方式則較為方便。雖然這種間接匯入的方式無法像 1-2 節和 1-3 節所介紹的匯入來的快，但有些資料庫並不支援直接匯出，或有時會發生不穩定的狀況，例如暫時不支援直接匯出，所以必須要瞭解如何改用間接匯入資料的方式。

　　書末的附錄整理了許多重要的資料庫匯入 RefWorks 的方法，讀者在實際操作時不妨加以參考。

1-6　網頁擷取功能 –RefGrab-It

　　搜尋資料時，我們可以發現：除了線上資料庫、圖書館館藏目錄之外，我們經常瀏覽的網頁也有許多豐富的內容，要把網頁中的資料存入 RefWorks 中可以利用新增書目的功能將資料儲存起來，此外 RefWorks 還設計了網頁擷取的功能，這項功能不但可以讓 RefWorks 自動辨識網路資料，還可以快速匯入 RefWorks 當中，是擷取網頁資料的利器。[1]

---

[1]　RefWorks 2.0 未支援 IE 9 瀏覽器。讀者可選用 IE 8 版本或隨時留意 RefWorks 是否有更新軟體版本。

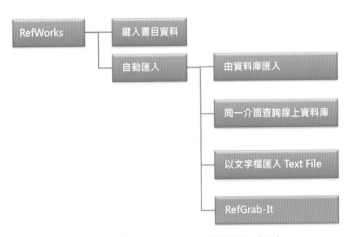

圖1-44　建立 RefWorks 的途徑（五）

由 RefWorks 的工具列上的「**工具**」選單中按下「RefGrab-It」選項。

圖1-45　安裝 RefGrab-It 程式

接著會跳出一個視窗，在視窗中找到「RefGrab-It bookmarklet」的選項，並在右下角的位置選取「RefGrab-It」，按下滑鼠右鍵，在選項中選擇「**加到我的最愛**」，這樣就安裝完畢了。

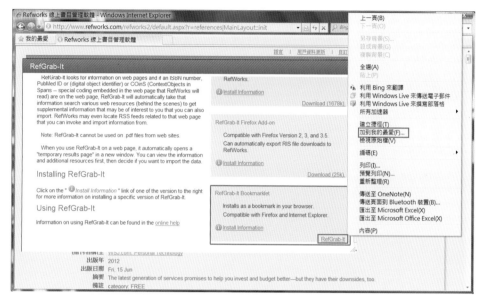

圖1-46　將 RefGrab-It 功能加到我的最愛

現在我們要利用 RefGrab-It 擷取 *Science* 期刊的論文。以圖 1-47 為例，檢索到要收藏的書目資料後，只要開啟我的最愛並點選「RefGrab-It」即可。

圖1-47　啟用 RefGrab-It 功能

RefGrab-It 的程式會自動擷取網頁，並跳出一個對話窗，點選「顯示詳細資料」可觀看完整資訊。確定是我們需要的資料後，按下 匯入到 RefWorks 。

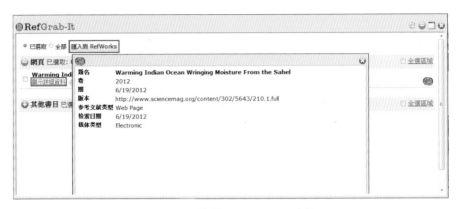

圖1-48　啓用 RefGrab-It 功能

這項功能無法支援同時抓取多筆資料的情況，假設我們在檢索結果的畫面中，企圖一次抓取數筆資料（見圖 1-49），則抓取的結果將會是呈現所有書目的「網頁資料」，而非個別書目資料。

圖1-49　網頁中有數筆書目資料

　　除了可以擷取學術資料庫中的書目之外，即使是一般的網頁資料也可以自動擷取，例如我們在 Google 圖書中搜尋到一本書，利用 RefGrab-It 擷取。

圖1-50　擷取 Google 圖書的資料

　　如此便完成書目的匯入。至於全文資料則必須視個人使用權限而定。Google 圖書提供無版權的古籍或是公開版權 (public domain) 的圖書免費下載的功能。

1-7　RSS 供稿

　　RSS 是 Really Simple Syndication 的縮寫，也稱做「**簡易供稿系統**」、「**聯合供稿閱讀器**」利用 RSS 可以同時追蹤多個主題，可說是以逸代勞的重要工具。RSS 與電子報的相同之處在於都是讓資訊源主動提

供資料，訂閱者無須定期追蹤就能收到最新消息；但不同之處在於電子報需要訂閱者提供 email address，而 RSS 則可保有隱私，而且不會在工作時不斷被新到信件打擾，可以自行安排查看時間。

　　現在有許多媒體、資料庫、部落格都提供 RSS 訂閱服務，而 RefWorks 則直接以 Reader 閱讀器的角度提供學術使用者另一項選擇，其異於其他閱讀器的優勢在於：撰寫論文時還可將 RSS 資料自動轉換成引用文獻格式。

圖1-51　開啓 RSS 功能

　　許多網站都提供 RSS 服務， 或是 **RSS** 等圖示都表示該媒體提供 RSS 服務。以訂閱 *Wall Street Journal* 為例，找出想要訂閱的資料，按下代表 RSS 的圖示，然後複製訂閱網址。

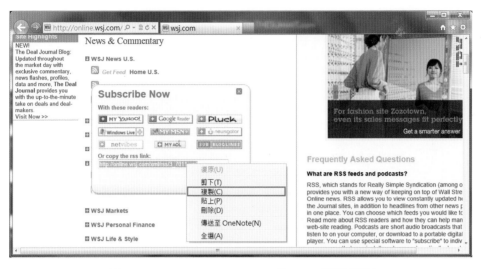

圖1-52　Wall Street Journal 的 RSS 訂閱畫面

又以 BBC Learning English 的課程為例，找出提供訂閱的圖示。

圖1-53　BBC 網站的 RSS 訂閱畫面

之後會開啓新的網頁，複製上方的網址。

圖1-54 複製資訊來源的網址

將網址貼至 RSS 供稿網址的空格中，按下 新增 。

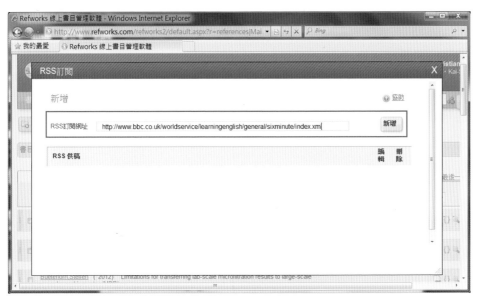

圖1-55 設定 RSS 來源

接著， RefWorks 會將訂閱的來源顯示於下方。我們可以訂閱多個資訊源。

圖1-56　完成 BBC Learning English 訂閱

當我們設定好 RSS 訂閱後，可以點選想要檢索的資料，按下連結將開啟新的視窗，可勾選想要匯入的資料，按下 匯入 或 匯入至文件夾... 將其匯入 RefWorks 資料夾。

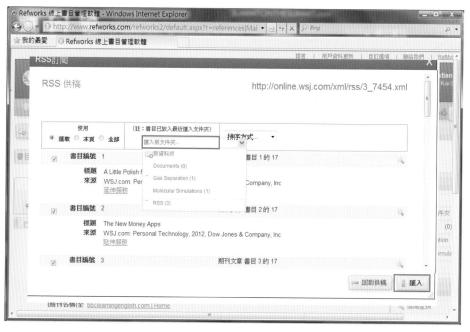

圖1-57　匯入內容

　　匯入後，點選 檢視匯入的詳細內容。如果要閱讀資料，只要按下圖 1-58 的「**網址名稱**」也就是各筆資料下方的網址就可以連結到原始網站。這些內容尚未被儲存至 RefWorks 資料庫中，如果當中出現需要保存的資料，我們可以勾選它並將其匯入 RefWorks 文件夾。

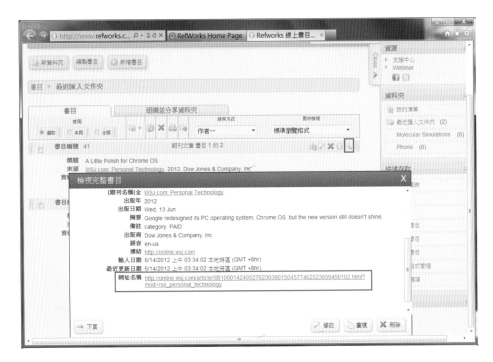

圖1-58　檢視 RSS 內容

　　許多學術資料庫也提供 RSS 的訂閱，例如 ScienceDirect 資料庫就提供了四種訂閱功能：

▶ Search Alerts：檢索條件快訊

▶ Topic Alerts：專題快訊

▶ Volume/Issue Alerts：最新卷期快訊

▶ Citation Alerts：引用快訊

圖1-59 ScienceDirect 提供多樣 RSS 訂閱選項

　　按下所需的選項後，出現新的視窗，按下 Continue 後，只要複製網址並貼在 RefWorks 的 RSS 供稿網址欄即可。

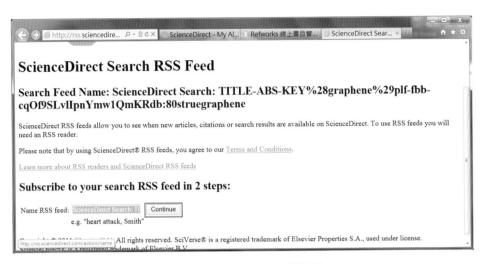

圖1-60 設定 RSS 訂閱網址

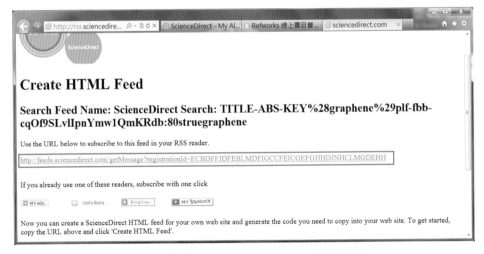

圖1-61 複製 ScienceDirect RSS 來源網址

　　而 RSS 訂閱中，編輯的功能可以讓我們編輯訂閱的名稱和增加說明，以第一筆資料為例，按下編輯。

圖1-62　RefWorks 可訂閱多個 RSS 來源

接著填入更容易辨識的名稱和描述。完成後按下儲存，並回到 RSS 供稿畫面。

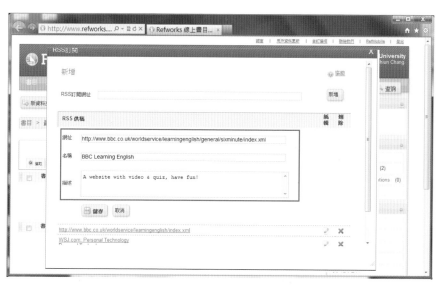

圖1-63　編輯 RSS 資訊源的資料

於是這筆訂閱資料就如同圖 1-64 般更簡潔易懂。

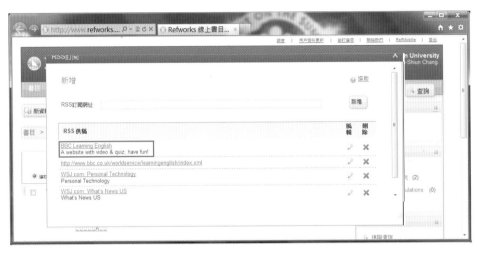

圖1-64　完成資訊源的編輯

Part 1

RefWorks 資料庫編輯與管理

第一章　建立 RefWorks 資料庫

▶ 第二章　RefWorks 整理與編輯（一）

第三章　RefWorks 整理與編輯（二）

　　由第一章我們學習到了如何將資料匯入 RefWorks 資料庫中，接著要介紹整理與編輯 RefWorks 資料庫的各種技巧。經過整理的資料庫，才能夠易於參考、利用，本章將分為兩個部份，首先是書目的管理，接著是資料庫的管理。

2-1　書目的管理

　　利用自行鍵入以及自動匯入的方法，使我們具備了建立資料庫的能力，而書目資料也累積出相當可觀的數量，如果只知道不斷的累積資料、卻不懂得整理、分析及利用，那收集到的書目只是一堆無用的資料，無法轉換為有用的資訊。本節將說明管理書目資料的技巧，讓資料庫去蕪存菁，成為真正幫助研究順利進行的助力。

2-1-1　找出重複的資料

　　點選工具列中的「瀏覽」、「重複書目」，這樣可以找出相似度高的書目資料。如果我們挑選的是精確比對，那麼就會找出所有欄位完全相同的資料。

圖2-1　開啓重複比對功能

先利用書目右方的「**更改檢視**」檢視資料的完整程度，以決定要保留何者，接著勾選欲刪除的資料，再按下 ✖ 就可以了。

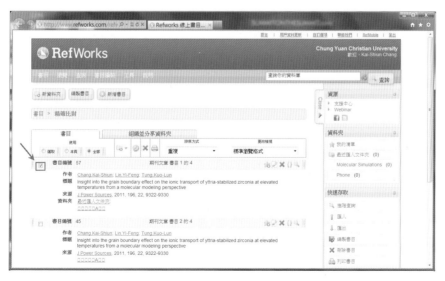

圖2-2　選擇刪除的書目

　　如果利用「一般比對」來查核書目是否重複，也需先確認哪一筆資料較為完整，將完整的資料留下，刪除較不完整的書目。

2-1-2　查詢書目資料

　　如何在眾多書目中，找出特定的資料呢？這時我們可以利用 RefWorks 提供的查詢功能。它分為**快速查詢**及**進階查詢**兩種。

　　同一欄位的檢索詞如果有兩個以上，而我們又沒有設定其相對關係的話，系統會預設其為「**or**」。例如：「membrane separation」，在 RefWorks 表示為「membrane」or「separation」。此外如果我們輸入的是 separation，檢索的結果將包括 gas separation，也就是所有包含該關鍵字的資料都會出現。

(1) 快速查詢

　　快速查詢即直接在 RefWorks 的查詢欄位中輸入檢索詞，當結果出現時，關鍵字會以顯眼標示 (High-Light) 出現以增加辨識度。

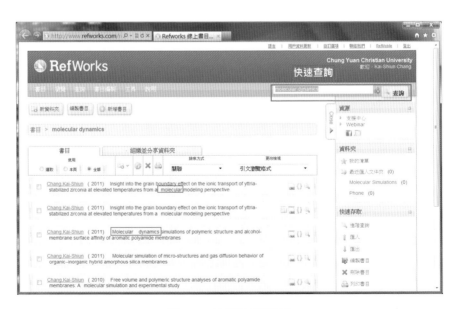

圖2-3　快速查詢欄位

(2) 進階查詢

　　至於 RefWorks 的進階查詢功能則提供限定欄位的搜尋。這樣可以節省搜尋時間並使得結果更加精確。

圖2-4　進階查詢功能

　　我們可以限定查詢欄位，例如：作者、ISBN、出版年等等，輸入完畢之後只要按下 查詢 就會列出 RefWorks 資料庫中所有相符的書目。

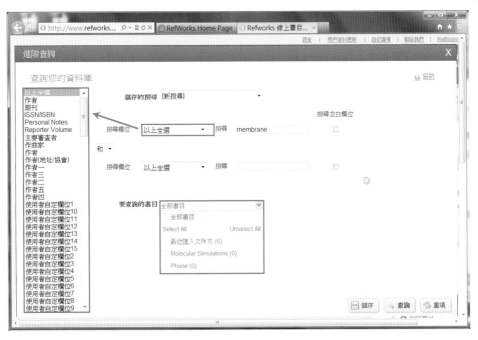

圖2-5　限定檢索欄位

　　此外若將來想用同一組條件進行相同的搜尋，那麼我們可以儲存搜尋條件，例如我們將圖 2-5 的搜尋條件儲存為「Search A」按下，將來我們要再次檢索時就無需重新設定搜尋條件。

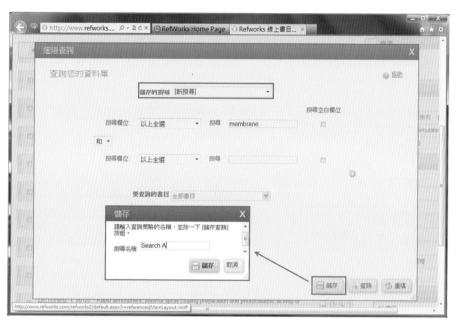

圖2-6　為搜尋條件命名

　　未來要以同樣條件搜尋資料庫時，只要選擇「儲存的搜尋結果」，並選擇「Search A」就可以了。

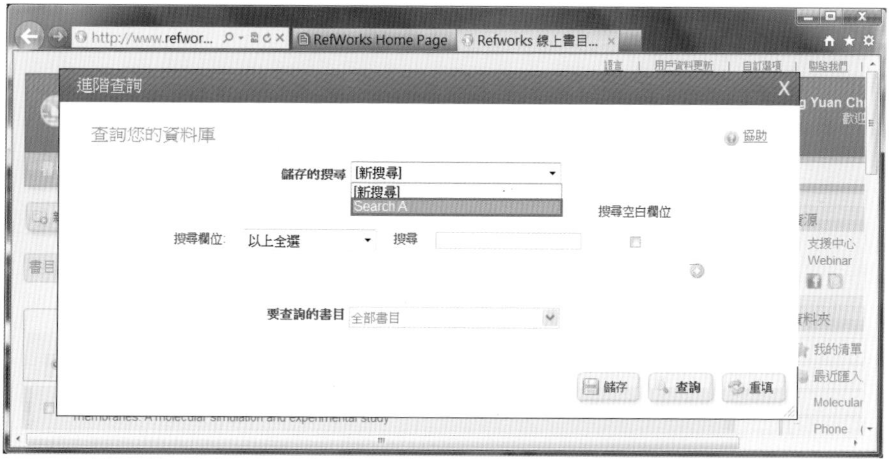

圖2-7　儲存搜尋結果

2-1　書目的管理

2-1-3　組織文件夾

　　組織文件夾的目的，是利用「**文件夾**」將不同的資料整理的更井然有序，如果我們在開始匯入資料的時候，並沒有設計出良好的文件分類方式，或是在使用多時之後，發現需要更動原本的設計時，就可以利用「**組織文件夾**」的功能再調整。

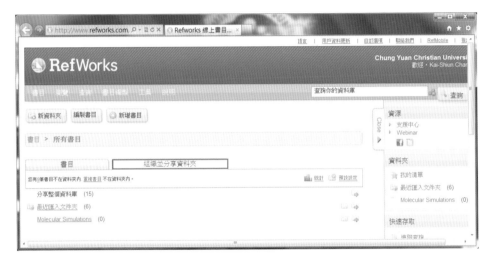

圖2-8　開啟「組織文件夾」功能

　　圖 2-9 是目前資料庫的現況。目前資料庫中只有一個名為「Molecular Simulations」的文件夾，夾內僅有一筆書目，另外有 11 筆書目不在任何文件夾中。至於 最近匯入文件夾 在 RefWorks 中並非實體文件夾，而是一個暫存處，每次有新的書目匯入 RefWorks 時，即使它已經被匯入其他的文件夾中，亦會同時顯示在此文件夾中，當下次有新資料匯入時則又顯示最新的內容。如果我們需要新增文件夾以管理資料，只要按下工具列的 新資料夾 即可進行命名並新增，此處我們新增一「Gas Separation」資料夾。

　　接著，點選 您有[11]筆書目不在資料夾內 進入管理畫面，並勾選要移動的書目至文件夾中，按下確定就完成了 (見圖 2-11)。

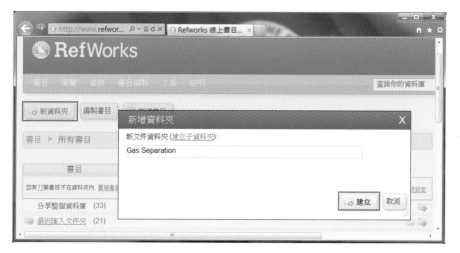

圖2-9　資料庫現況

圖2-10　新增資料夾

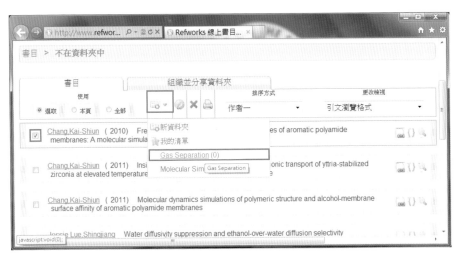

圖2-11　移動書目至文件夾

2-1-4　全域編輯 Global Edit

　　全域編輯的特色在於能夠一次編輯大量資料，包括「增加」、「移動」、「刪除」及「取代」等四種功能，如圖 2-12 所示。

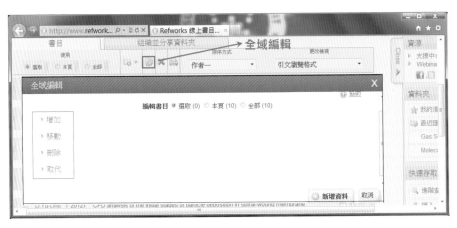

圖2-12　全域編輯的選項

1.「增加」

如果我們希望某文件夾中的論文都具有某些條件，就可以利用全域編輯的「增加」功能將這個條件加入。例如將關鍵字「aviation」增加至所有的論文中。

▶ **附加到已存在資料**：同一欄位(例如敘詞欄)中的「現有詞」不變，再附加「新增詞」。

▶ **重寫現有的資料**：以「新增詞」取代「現有詞」。

▶ **不管已存在資料**：「新增詞」與「現有詞」分屬不同欄位，因此加入「新增詞」與「現有詞」無關，但如果選擇了重複的欄位，則新的資料無法輸入。

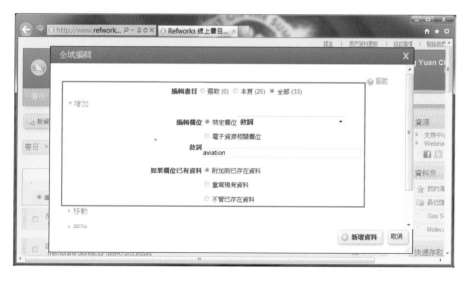

圖2-13　輸入新的敘詞

完成之後，任意開啟一個書目檢視「敘詞欄」，可發現已經多了「aviation」一詞，同時在搜尋 RefWorks 資料庫時，如果輸入「aviation」就會找到這些論文。

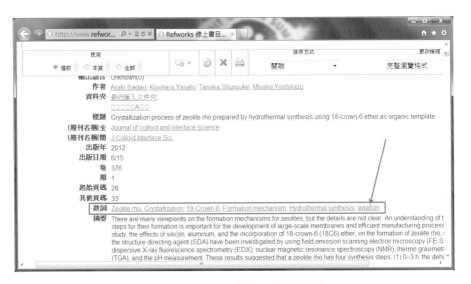

圖2-14　敘詞欄位出現新增詞彙

2.「移動」

　　將某欄位的資料「移動」至另一個欄位，例如將「出版商」、「出版地點」的資料移動到「備註」欄。

3.「刪除」。將某個欄位的內容完全刪除，例如將「登錄號」從書目記錄中刪除。

4.「取代」

　　「取代」等同 Office Word 的「尋找」及「取代」功能，它讓所有需要更新的項目一次完成，同時也避免發生忘記或時遺漏修改的情形。當期刊變更刊名、學會變更名稱時，都是很好的使用時機。

　　假設我們希望資料庫中所有「Molecular Dynamics」改為「MD」，方法一是開啟單筆書目後進入編輯頁，然後自行手動更改；但更好的方法是利用全域編輯中的「取代」功能將資料庫中所有「Molecular

Dynamics」文字改成「MD」。如果畫面呈現亂碼，則將語言模式更改
為英文重試一次。

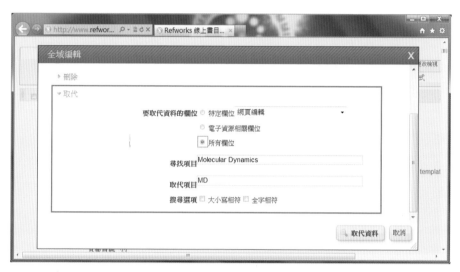

圖2-15　全域編輯之「取代」功能

2-2　資料庫的管理

2-1 節介紹的是書目資料的管理，在 2-2 節當中我們要介紹的是整個
資料庫的管理，包括資料的匯出以及備份等工作。

2-2-1　匯出資料 Export

我們知道 RefWorks 是一個雲端 (Web-based) 資料庫，也就是說無法
使用網路的地方就無法利用 RefWorks，如果我們所屬的機關學校不再訂
購 RefWorks，那麼我們辛辛苦苦儲存的資料，也會在轉眼間不復存在；
為了避免這樣的情況發生，我們可以藉由匯出書目資料當作備份。

此外透過匯出資料，我們也可以和他人共享資料庫的內容。因為

RefWorks 提供許多種資料匯出的格式，使用者可以將資料儲存在磁碟中或是 Email 到個人信箱。而對方就可以將它匯入到書目管理軟體，達到共享的目的。

　　按下工具列的 「書目」、「匯出」

圖2-16　開啟「匯出」功能

　　畫面會出現各種匯出的格式。我們可以依據需要，將資料以不同的形式存檔或是轉到其它的資料庫（例如 EndNote）中。

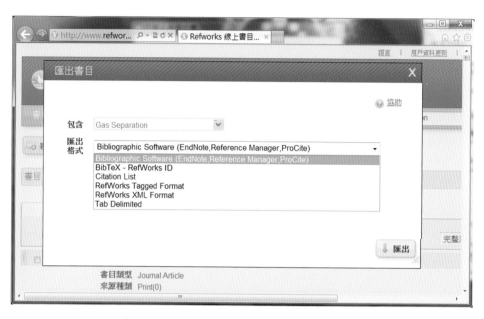

圖2-17　指定匯出來源和格式

　　現在我們希望將資料夾「Gas Separation」的書目資料匯到 EndNote 中，因此選擇第一種格式。按下 ⬇匯出 。接著會跳出一個視窗，內容為 EndNote 可以接受的 tagged 文字檔，按下「檔案」、「另存新檔」將資料儲存為 .txt 文字檔。

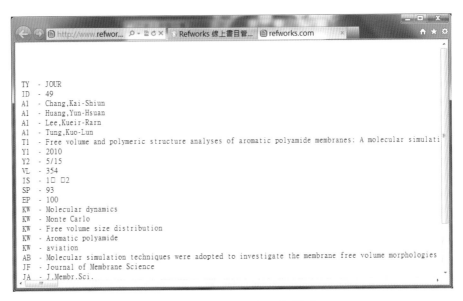

圖2-18 指定匯出來源和格式

利用 EndNote 的 Import 功能，將檔案匯入 EndNote Library 中。

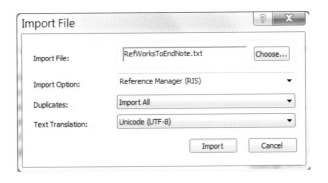

如果我們希望將資料與他人分享，而對方也是使用 RefWorks 書目管理軟體的話，就選擇將資料以 RefWorks Tagged Format 的形式匯出就可以了，其餘格式也是一樣，端視使用者的需要而定。

2-2-2　備份／還原 Backup / Restore

　　「備份」的功能雖然和前一節所介紹的「匯出」類似，都是將資料另作儲存，但是「備份」的格式只能選擇 RefWorks 的格式，而不能選擇其他書目軟體能辨識的格式。經過備份後的資料，可以幫助資料庫進行還原。例如當我們發現資料被誤刪、或是因為多人共用而變的雜亂時，只要利用還原的功能，將所有的資料回復到備份時的樣子就可以了。

圖2-19　開啟「備份／還原」功能

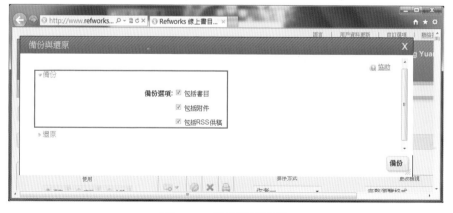

圖2-20　進行資料備份

下載動作開始進行後，可以看到這樣的字樣：

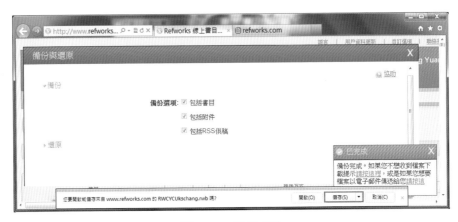

圖2-21　備份成功

按下「**儲存**」，下載的檔案會自動命名為（組碼 + 使用者名稱）.rwb，這個附檔名 .rwb 是 RefWorks 的檔案形式，所以無法用一般程式開啟及瀏覽，但只要保留這個檔案以備匯入和還原時使用即可。萬一系統出現錯誤訊息無法下載，可以試著將「**快顯封鎖程式**」關閉。

反之，當我們要還原資料庫的時候，只要找出原本備份的位置後按下 還原 即可。

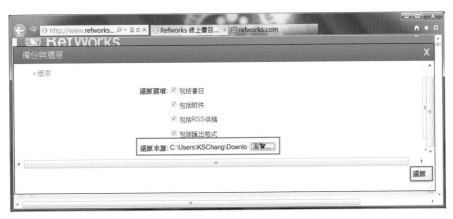

圖2-22　利用備份資料進行還原

Part 1

RefWorks 資料庫編輯與管理

第一章　　建立 RefWorks 資料庫

第二章　　RefWorks 整理與編輯（一）

▶ 第三章　　RefWorks 整理與編輯（二）

　　這一章我們要介紹的是如何利用 RefWorks 的 Write-N-Cite 功能撰寫論文、如何匯出書目，以及如何編輯新的書目格式。我們會使用到幾項重要的工具，其一是 Write-N-Cite，其二是書目編製，其三是輸出格式編輯器。

3-1　利用 RefWorks 線上資料庫撰寫論文

3-1-1　在文稿中插入引用文獻

　　RefWorks 支援論文的撰寫功能，主要是在書目的編製方面，不過並不提供類似 EndNote 的各種期刊投稿範本，使用者可以參考各出版社對於稿件的要求，自行編製範本，其方法可以參考本書第四章的說明。如果我們經常會投稿某幾種期刊，就可以試著依據該期刊要求的格式製作範本，以便將來節省排版的時間。

　　我們知道，撰寫學位論文或是期刊論文必須要依照規定的格式撰寫，以期刊 *Food Biotechnology* 為例，它要求作者在投稿時必須遵照一定的格式投稿（如圖 3-1），除此之外每一種期刊為了因應其學科資料的特色，對於書目格式都會有一定的要求。

Instructions for Authors

SCHOLARONE MANUSCRIPTS™

This journal uses ScholarOne Manuscripts (previously Manuscript Central) to peer review manuscript submissions. Please read the guide for ScholarOne authors before making a submission. Complete guidelines for preparing and submitting your manuscript to this journal are provided below.

Aims and Scope. *Food Biotechnology* is an international, peer-reviewed journal that is focused on recent developments and applications of modern genetics as well as enzyme, cell, tissue, and organ-based biological processes to produce and improve foods, food ingredients, and functional foods. Other areas of strong interest are manuscripts that focus on fermentation to improve foods, food ingredients, functional foods, and food waste remediation. In addition, modern molecular and biochemical approaches to improving food safety are strongly encouraged.

Food Biotechnology receives all manuscript submissions electronically via their ScholarOne Manuscripts website located at: http://mc.manuscriptcentral.com/lfbt. ScholarOne Manuscripts allows for rapid submission of original and revised manuscripts, as well as facilitating the review process and internal communication between authors, editors and reviewers via a web-based platform. ScholarOne Manuscripts technical support can be accessed via http://scholarone.com/services/support/. If you have any other requests please contact the journal's editor at kalidas@foodsci.umass.edu.

References. Cite in the text by author and date (Smith, 1983). Prepare reference list in accordance with the APA Publication Manual, 4th ed. Examples:

Journal: Hecker, M., Volker, U. (2001). General stress response of *Bacillus subtilis* and other bacteria. *Adv. Microb. Physiol.* 44:35-91.

Book: Harold, F. (1986). *The vital force: A study of bioenergetics.* New York: Freeman, pp. 71-110.

Contribution to a Book: Eggeling, L., Sahm, H., de Graaf, A. A. (1996). Quantifying and directing metabolic flux: Application to amino acid overproduction. In: Scheper, T., (Ed.), *Advances in Biochemical Engineering/Biotechnology.* Vol. 54(1-30) Berlin, Germany: Springer.

Illustrations. Illustrations submitted (line drawings, halftones, photos, photomicrographs, etc.) should be clean originals or digital files. Digital files are recommended for highest quality reproduction and should follow these guidelines:

- 300 dpi or higher
- Sized to fit on journal page
- EPS, TIFF, or PSD format only
- Submitted as separate files, not embedded in text files

Color Reproduction. Color art will be reproduced in color in the online publication at no additional cost to the author. Color illustrations will also be considered for print publication; however, the author will be required to bear the full cost involved in color art reproduction. Please note that color reprints can only be ordered if print reproduction costs are paid. Print Rates: $900 for the first page of color; $450 per page for the next three pages of color. A custom quote will be provided for articles with more than four pages of color. Art not supplied at a minimum of 300 dpi will not be considered for prints.

Print + Online Reproduction. $900 for the first page of color; $450 per page for the next three pages of color. A custom quote will be provided for articles with more than 4 pages of color.

Tables and Figures. Tables and figures (illustrations) should not be embedded in the text, but should be included as separate sheets or files. A short descriptive title should appear above each table with a clear legend and any footnotes suitably identified below. All units must be included. Figures should be completely labeled, taking into account necessary size reduction. Captions should be typed, double-spaced, on a separate sheet. All original figures should be clearly marked in pencil on the reverse side with the number, author's name, and top edge indicated.

Proofs. Page proofs are sent to the designated author using Taylor & Francis' EProof system. They must be carefully checked and returned within 48 hours of receipt.

Complimentary Policy and Reprints: Authors for whom we receive a valid email address will be provided an opportunity to purchase reprints of individual articles, or copies of the complete print issue. These authors will also be given complimentary access to their final article on *Taylor & Francis Online.*

圖3-1　Food Biotechnology 期刊刊載之 Instructions to Authors

　　假設我們已經著手撰寫了部份（或全部）的文字，現在希望加入引用文獻，此時就可以開啟 RefWorks，在 RefWorks 每一筆書目後方可以看到 {} 「引用」的功能，按下之後會跳出圖 3-2 的視窗，我們必須將大括弧內的文字複製並貼在稿件中。如果要同時引用多筆書目資料，只要連續點選各書目前方的「引用」即可。

3-1 利用RefWorks線上資料庫撰寫論文

第三章　RefWorks整理與編輯

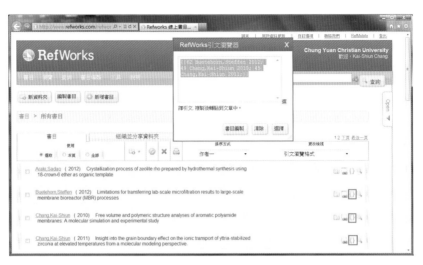

圖3-2　連續點選引用功能

　　以圖 3-2 為例，假設我們要引用兩篇或兩篇以上的論文，則將 {{ }} 及其內的文字複製或剪下之後，再將它貼到 Word 文件上，也就是要插入引用文獻處。其外觀會顯示為圖 3-3。

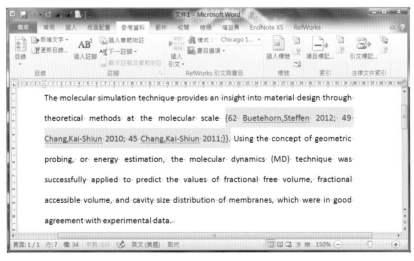

圖3-3　一次加入多筆參考文獻

這樣的記號會一直存在，直到我們將資料進行「書目編製」之後，功能變數才會變成正式的引用文獻格式。

3-1-2　利用 RefWorks 進行書目編製

當我們完成文稿，並插入所有的引用文獻後，如果要透過 RefWorks 網頁資料庫將引用文獻轉換成引用及書目資料，可將貼上引用書目記號的 Word 檔案（見圖 3-3）存檔，並上傳至 RefWorks 資料庫進行書目編製，其方法如下。

Step 1

首先，先將編寫好的文件存檔，隨後在 RefWorks 中點選「編製書目」選項。在此可以先透過「匯出格式」的選項選取或預覽想要使用的書目格式。

圖3-4　進入文稿之書目編製

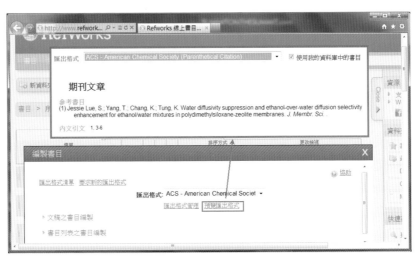

圖3-5   選取及預覽匯出格式

Step 2

選取「文稿之書目編製」並在格式化文稿的欄位中選取要編製的檔案後，按下 編製書目 ，系統即會自動的將文件中帶有 {{ }} 內的文獻資料自動編製，完成後即可下載文件檔案（見圖 3-6、圖 3-7）。

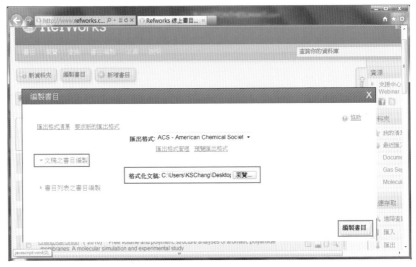

圖3-6   將選取的文稿上傳以編製書目

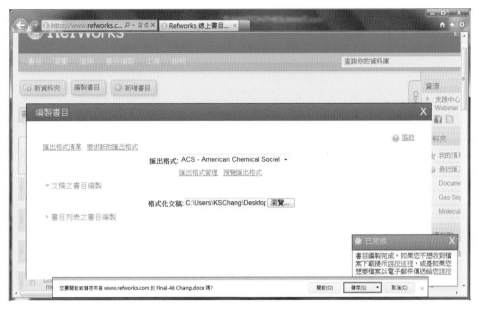

圖3-7 儲存編製完成的文檔

Step 3

開啟編製完的檔案，並和未編製的文檔比較可發現，帶有 {{ }} 功能變數的資料已經成功的轉換為特定格式的引文與書目資料了。而所有我們引用的書目資料都完整的出現於文末供讀者參考。

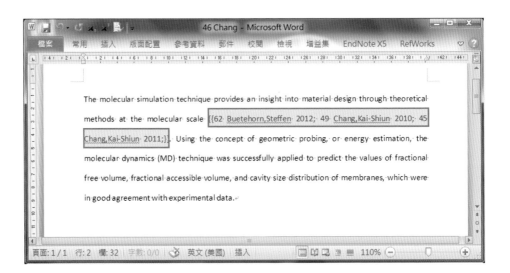

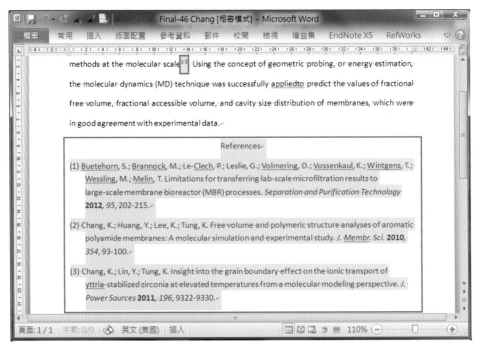

圖3-8　儲存編製完成的文檔

　　如果我們想要使用不一樣的引文與書目格式，也可以點選「匯出格式管理」來挑選想使用的匯出格式。在清單中選取好書目格式後，點選 ➡ 即可將書目格式放進我的最愛中。

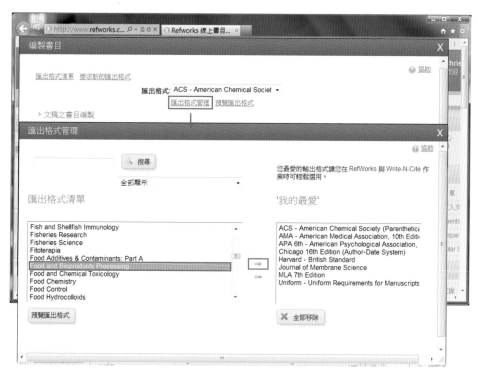

圖3-9　選取匯出格式

　　往後如果想使用時，可直接在「匯出格式」的下拉式選單中，到我的最愛內直接選取，即可快速選用。

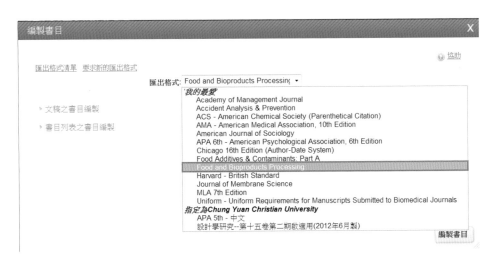

圖3-10　由我的最愛選取匯出格式

　　而另外一項「**書目列表之書目編製**」（見圖 3-10）則可以匯出我們在 RefWorks 資料庫中所儲存及管理的書目資料。RefWorks 所支援的輸出種類共有 HTLM、RTF 文字檔、Mac 版 Word、Windows 版 Word 及 Open Office 文件，而我們可以依照管理的書目資料夾分批輸出或是一次輸出全部書目。選定好輸出格式與書目之後，點下 編製書目 後即可取得書目文件檔。

　　透過參考文獻列表的編製，我們可以將書目做為備份；也可以與他人交流、便於分享。此外，教師還可以輕鬆列出補充教材清單讓學生延伸閱讀。

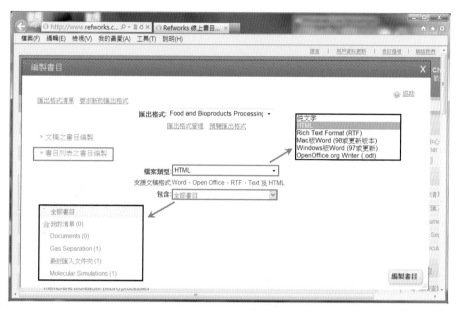

圖3-11　由我的最愛選取匯出格式

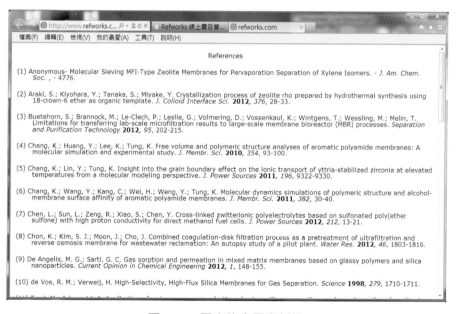

圖3-12　匯出的書目資料檔

3-2　利用 Write-N-Cite 撰寫論文

3-2-1　安裝並使用 Write-N-Cite

　　除了 RefWorks 可以插入引用文獻之外，另一項工具「Write-N-Cite」也是文獻管理幫手。由於 RefWorks 是網路版的應用軟體，標榜的是無論身在何處，只要能夠連上網路，資料的取用就能夠無遠弗屆，但是使用者的另一個聲音是：希望電腦在離線時一樣可以引用文獻、撰寫論文，而 RefWorks 聽到了，也提供離線處理的選擇。只要使用者下載一個小程式 Write-N-Cite 至電腦，就可以享受到這種便利性。首先，要安裝新版的 Write-N-Cite 4 請確定電腦滿足以下條件：

・ Windows XP 或以上的版本。

・隨機存取記憶體至少 64 MB。

・硬碟空間至少 70 MB 以上。

・網路連線功能。

・ Internet Explorer 6 或更高。

・ Microsoft® Word 2007 或 更 高 (Microsoft® Word 2003 請 下 載 Write-N-Cite III)[1]。

　　在 RefWorks 的工具列選擇「**工具**」、「**Write-N-Cite**」。之後會出現一個新視窗，並要求我們下載應用程式，按下開啟即可自動安裝。Windows 及 Mac 使用者各自有其下載連結。在進入安裝「Write-N-Cite」畫面後，請留意畫面中的「Write-N-Cite 登入代碼」項目，用戶必須先行複製此一代碼，並在啟動 Word 後，進入 RefWorks Write-N-Cite 功能時輸入以便登入，如圖 3-13、圖 3-14 所示。

---

[1]　Word 2003 版本使用者請選取「上個版本」（見圖 3-13 箭頭處），下載 Write-N-Cite III。

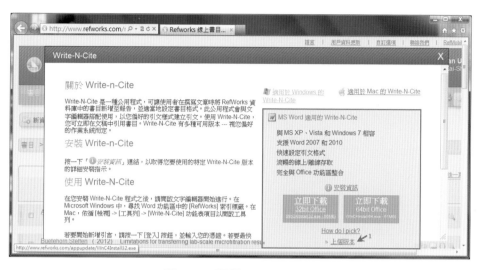

圖3-13　下載 Write-N-Cite

圖3-14　複製登入代碼

　　在 Word 2010 的操作環境中，可直接點選工具列上的 RefWorks 啟動功能，或經由點選「檔案」、「選項」、「增益集」進行設定，以開啟功能。點選後，會出現一個登入視窗，分別輸入剛才所儲存的啟動代碼以及組碼、使用者名稱與密碼即可登入。

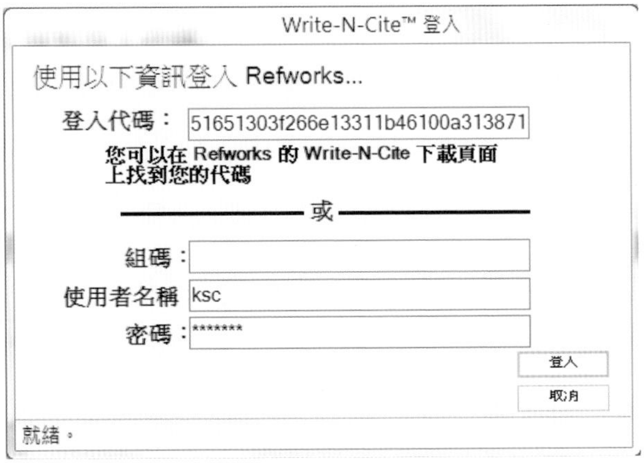

圖3-15　登入 Write-N-Cite™

　　登入後，可見到 Wrtie-N-Cite 的工作環境，如圖 3-16 所示。Wrtie-N-Cite 4 的功能設定已完整嵌入 Word 使用介面，其介面與 EndNote 相當類似，亦相當便利。其工作區塊分為三類：

▶「引文與書目」：插入並管理引文及書目資料。

▶「額外項目」：資料同步、移除功能變數代碼和開啟網頁進入 RefWorks。

▶「設定」：進行個人化的設定，如語言選取或同步化設定。

圖3-16　Write-N-Cite™ 工作環境

　　一般的網頁上的 RefWorks 其功能與 RefWorks Write-N-Cite 並不相同。在 Write-N-Cite 的視窗中，我們已經不再對書目內容做更動，例如

輸入、校正，而是開始引用這些資料到我們撰寫的文章中，所以原先的工具列就不再出現。

　　現在我們就來看看要如何使用這項 Write-N-Cite 的功能。首先開啟稿件，在需要插入引用文獻的地方點一下滑鼠定位。回到 Write-N-Cite 工具列，點選「引文與書目」、「插入引文」、「插入新項目」。

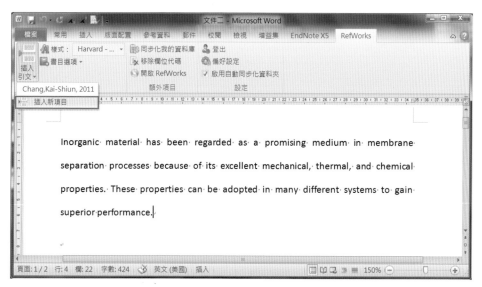

圖3-17　選定加入引用文獻處並加入引文

　　隨後會出現一個新視窗，其中含有我們在 RefWorks 資料庫中所有引文資料 (見圖 3-18)。在有網際網路的環境下，每一次開啟時，Write-N-Cite 都會立即與使用者的 RefWorks 線上資料庫做同步更新，以便使用者可以隨時使用到最新的文獻資料。在右上方的檢索窗格可以鍵入想引用的書目資料資訊，如作者、標題或年份等，利於檢索；在「選取書目」項目下分為資料夾清單與書目清單兩類，使用者可依尋管理的規則找到想要插入的書目資料；在「編輯書目」中，則可以設定插入本文當中的資料完整度，如作者或年份，並輸入前置詞或後置詞；在「預覽引文」

中則可預覽插入後的引文形式；在「撰寫引文」中，如果選取兩個或兩個以上的書目資料，則可以移動書目的順序或增減書目資料。

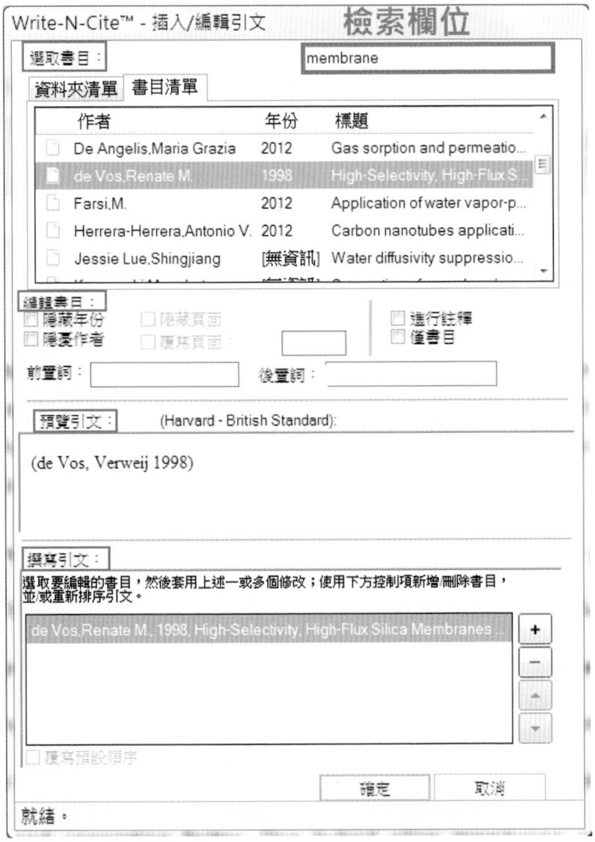

圖3-18   選定加入引用文獻處並加入引文

確認欲插入的書目資料後，可雙擊滑鼠左鍵以選取並編輯需要引入的書目資料。完成後，按下確認即可回到 Word 編輯環境。接著就可以看到在剛才游標停下的地方多出 (de Vos, Verweij 1998) 的項目，這是帶有功能變數的引文，此步驟其實與圖 3-2、圖 3-3 的意義相同，只是 Write-N-Cite 會替我們將功能變數置入文件中，並且直接轉換成預設的引文格

式，為我們節省複製、貼上的步驟。

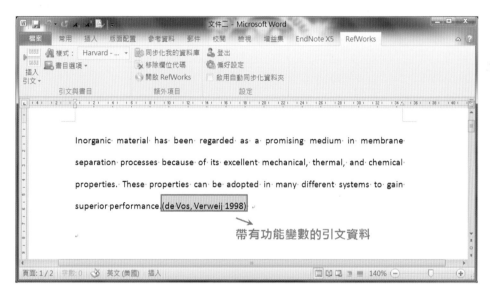

圖3-19　帶有功能變數的引文資料

　　這個記號的出現，代表我們已經將一筆書目資料連結到內文，目前它是以功能變數的形式出現在論文中，其在撰寫的過程若引用文獻就是依照這樣的方式進行，直到整篇論文完成為止。如果要加入多筆參考文獻，只要在圖 3-20 的書目清單中連續雙擊書目資料，並按下確認即可。

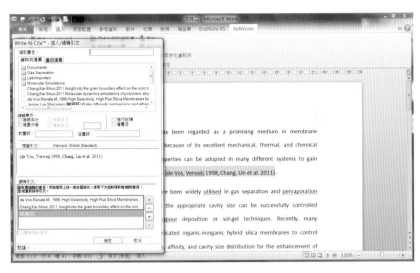

圖3-20　插入多筆文獻例一

如果不是連續按下「引用」，而是移動過游標後再插入一筆新的文獻，則引用方式會如圖 3-21 所示。如果將來選取不同的引用格式，也會形成不一樣的樣式，如圖 3-22。

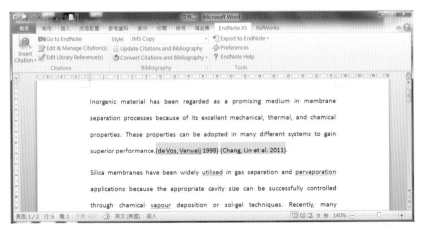

圖3-21　插入多筆文獻二

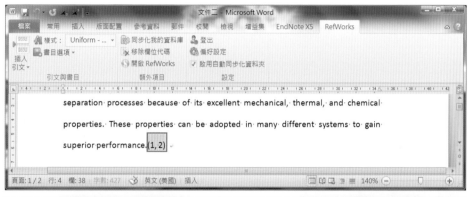

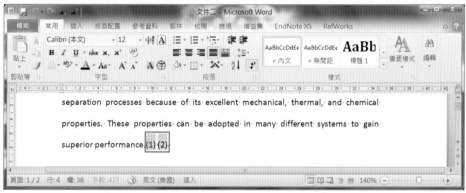

圖3-22　兩種引文的顯示方式

3-2-2　離線使用 Write-N-Cite 撰寫論文

當我們在撰寫文稿需要利用 RefWorks 插入引用文獻時，Write-N-Cite 都會需要即時與網路資料庫進行連線，以便我們使用最新的 RewfWorks 書目資料。前兩節 (3-1 和 3-2-1) 介紹的是資料庫在連線狀態下插入引文的方法，而這一節則要介紹在離線時要如何繼續工作。在目前 Write-N-Cite 4 的作業環境中，新增了一項「同步化我的資料庫」的選項。當我們想要離線使用 RefWorks 資料庫前，可以點選此一選項，RefWorks 會自動將整個資料庫的書目進行複製，成為一個「離線資料庫」。

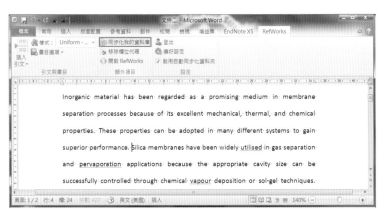

圖3-23 勾選同步化我的資料庫

進行資料庫同步化時， Word 上方的 RefWorks 工具列會被鎖定無法使用，而下排位置則會出現「**正在同步化 RefWorks 資料庫**」的字樣。當同步化結束時，Word 及 RefWorks 工作環境會恢復，外觀上不會有任何改變。

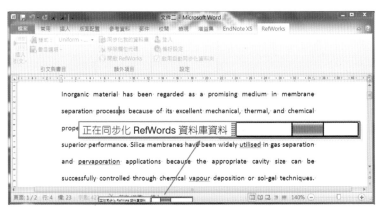

圖3-24 同步化 RefWorks 資料庫

現在，即使不是網路連線的狀態也可以使用資料庫內的書目。將來如果 RefWorks 有任何變動，例如有新的書目加入，那麼就必須再次連

線，並重複圖3-23、圖3-24的步驟以更新離線資料庫。若要新增引文資料的文稿中，可利用前面介紹過的引用方式，點選RefWork工具列上的「插入引文」、「插入新項目」將引用文獻加至文件當中。

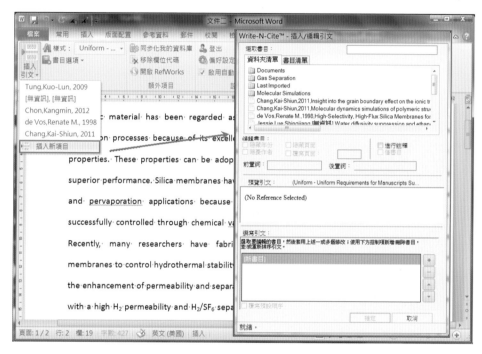

圖3-25　文件中加入引用文獻

　　離線作業的引文外觀與連線作業時無異，可順利插入引文就表示離線作業已經成功了。

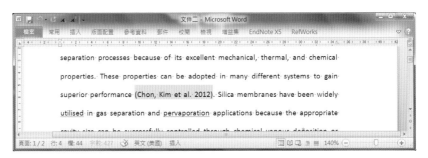

圖3-26　加入參考文獻

3-2-3　選取或更換引用書目樣式

在 RefWorks 網路資料庫提供了許多的書目匯出格式供使用者選取利用，Write-N-Cite 也將此功能整合至 Word 工作環境中。當我們想更換引用文獻的樣式時，可以點選「**引文與書目**」，拉下　　樣式：旁的下拉式選單，即可選取書目樣式。

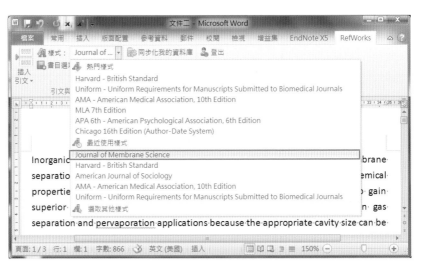

圖3-27　加入參考文獻

　　除此之外，我們也可以點選最下「選取其它樣式」開啟「選擇輸出樣式」的功能欄位。此處的篩選器分為可用「樣式」、「我的最愛」、「群組最愛」與「常用樣式」四種供使用者選取。

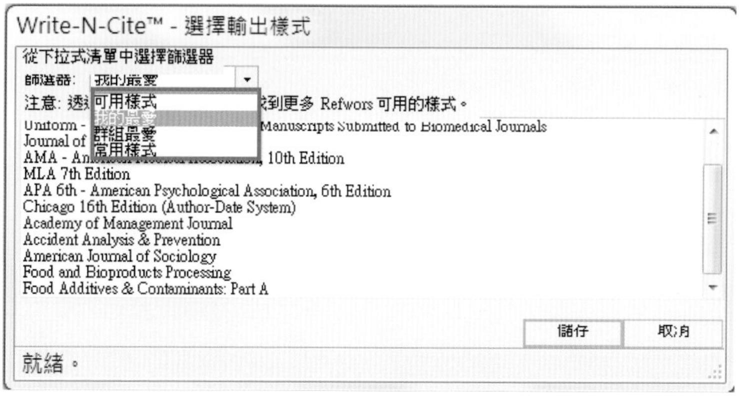

圖3-28　選擇輸出樣式

　　但如果在這些選單中都沒有看到我們想要使用的書目樣式時，則必須先登入 RefWorks 網路資料庫，新增想選用的書目樣式到「我的最愛」。隨後，再透過同步更新的步驟，將書目樣式同步至電腦中。

　　首先，進入「編製書目」功能，再點選「匯出格式管理」進入「匯出格式清單」。此處我們以圖 3-29 為例，假如我們想要在 Write-N-Cite 的書目樣式中新增 *Nano Letters* 期刊的書目樣式，則先使用上述方式將 *Nano Letters* 的書目樣式中加入至「我的最愛」。隨後回到 Word 的 Write-N-Cite 環境中，點選　同步化我的資料庫　更新書目樣式。

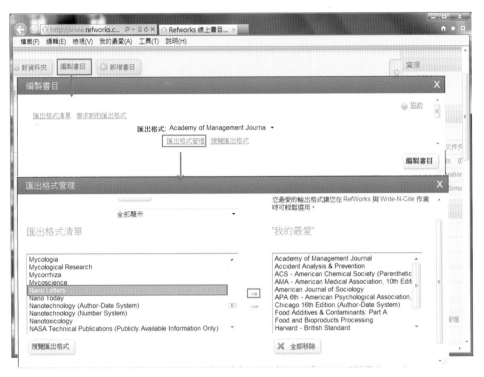

圖3-29　加入參考文獻

圖3-30　加入參考文獻

　　當同步化的動作完成後，再次開啟「選擇輸出樣式」（見圖 3-27 與圖 3-28）可發現 *Nano Letters* 的選項已經在「我的最愛」中出現了。隨後，我們就可以選用 *Nano Letters* 樣式作為為文稿的書目樣式。

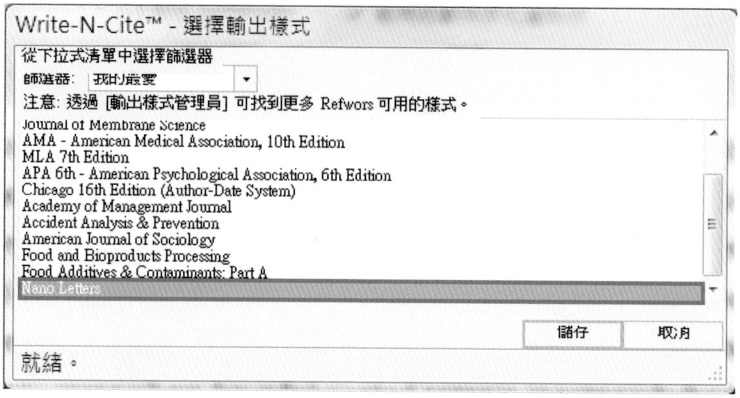

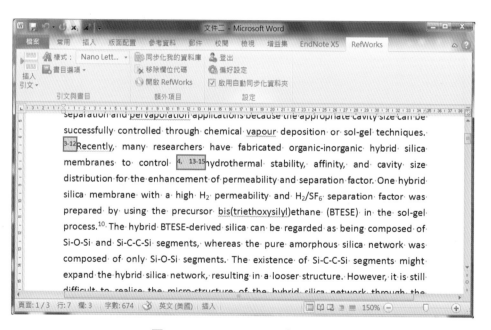

圖3-31　更新後已出現 Nano Letters 書目樣式

圖3-32　Nano Letters 書目樣式

3-2-4　引用文獻的增刪、移動

如果插入書目後，發現書目的次序需要移動，或是引用文獻前後需要加上註記文字，這時可以利用 Write-N-Cite 的「引文與書目」的功能進行編輯。首先將滑鼠移標點至想要修改的引文位置，並點選工具列上的「引文與書目」、「插入引文」、「插入新項目」即可編輯該筆引文資訊。這項功能允許離線作業。

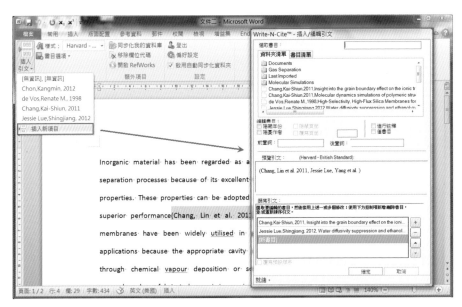

圖3-33　編輯引用文獻

1. 移動書目的次序

按下「插入新項目」，之後會跳出引文編輯器 (Citation Editor) 的視窗，視窗內顯示 RefWorks 資料庫中的書目資料與游標插入點位置的引用文獻。圖 3-34 表示我們選定的游標插入點位置上，有兩筆參考文獻。而右方的操縱按鈕分別為：

- ■ 「＋」：表示新增一筆選定的書目資料。
- ■ 「－」：表示移除一筆存在的書目資料。
- ■ 「▲」：表示將選定書目資料往上移動。
- ■ 「▼」表示將選定的書目資料往下移動。

如果要移動書目資料，只要按下這幾個功能鍵即可。以圖 3-34 為例，若要將第一筆資料往下移，只要選取該筆資料後按下「▼」，完成之後按下　確定　，原本在前方的書目就被移動到後方，且在「**預覽引文**」區可以直接預覽引用文獻的變動情況。

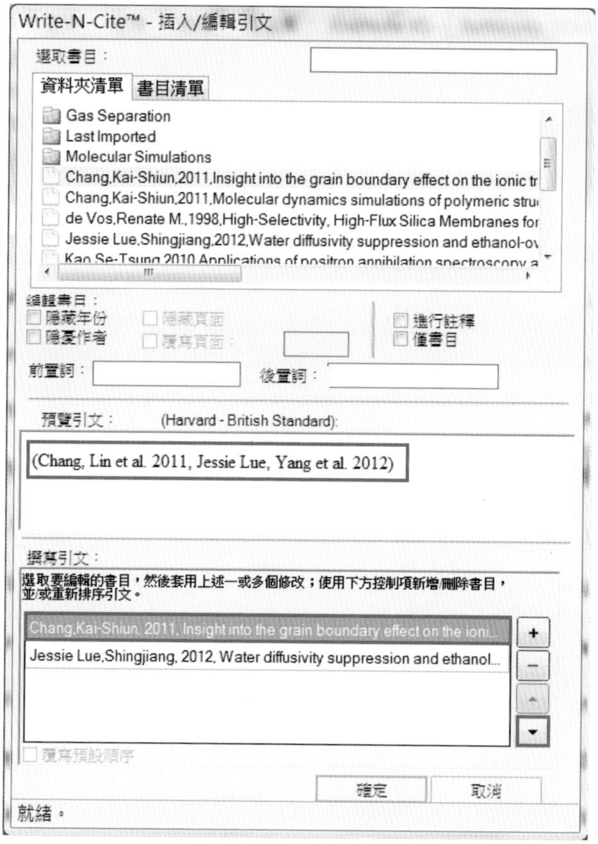

圖3-34　編輯引用文獻

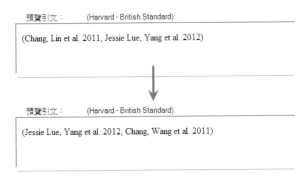

圖3-35　觀察預覽區的變化

至於 Word 文件中的功能變數也會產生變化。

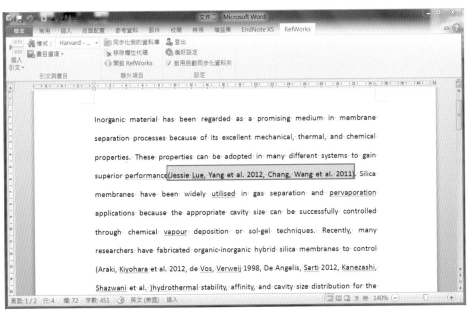

圖3-36　文件中的功能變數

2. 新增書目前後的註記文字

　　引用文獻雖然有一定的格式，但有時我們會希望引用文獻能夠包含更多的訊息，例如同時引用了同名同姓的作者時，我們可能會需要註記作者的頭銜、國籍或者生卒年等，以免讀者誤會了引用的對象。

　　現在以圖 3-37 為例，選取將第一篇引文，在前加上「Dr.」，不要顯示年代；而第二篇引文則在引文後加上「,TAIWAN」，同時隱藏書目的頁碼，勾選「隱藏頁面」選項。其中，「隱藏頁面」或「覆寫頁面」的功能必須是會顯示頁碼的引用格式，例如圖 3-37 的預覽處所示。設定的填寫方式可由圖 3-38 中間的紅框中看出。在變更的同時，我們可以在預覽處看到所有的變化，確定之後按下 ▭確定▭ 即可；而其餘設定如「覆寫頁面」則是隱藏頁碼後，自定覆寫文字；「進行註釋」則是在該頁下方插入文獻的註釋資料；而「僅書目」則只會顯示出基本的書目資料。

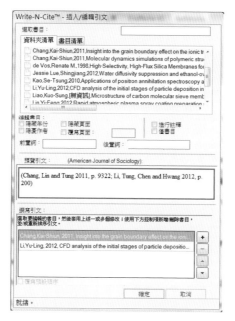

圖3-37　引文細節原貌

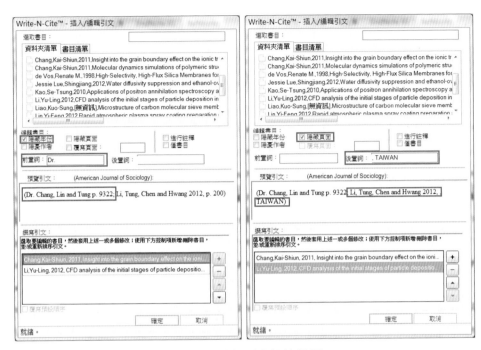

圖3-38 檢視引文細節變更

3-3 定稿及書目編製

當整篇論文撰寫已經告一段落，作者可能需要將文章定稿、列出參考書目，如果對於參考書目的格式不滿意，也可以參考 3-3-3「輸出格式編輯器」製作出符合需求的書目格式；自行製作的格式還可以儲存在資料庫中供反覆使用。

3-3-1 文稿之書目編製 Format Paper and Bibliography

利用 RefWorks 撰寫完畢的論文，一定要經過「書目編製」之後才形成正式的論文。因為插入的引文目前仍是一堆功能變數，以圖 3-39 來表示移除功能變數的過程：原稿經過移除變數的程序後，將無法再使用

Write-N-Cite 進行編輯，因此建議先另存備份。

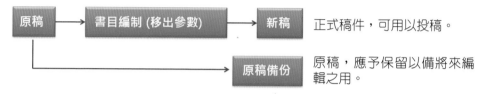

圖3-39　RefWorks 文件移除參數

　　當我們的文稿都已編輯完成，下一步則是在文末或章節末端加入參考文獻，以便讀者參考。要經由 Write-N-Cite 匯入我們所有引用的書目資料，先將滑鼠移標放置於要插入書目資料的位置，然後點選「引文與書目」、「書目選項」、「插入書目」即可將書目資料匯入文稿中。圖3-41 即為插入書目資料後的文稿。

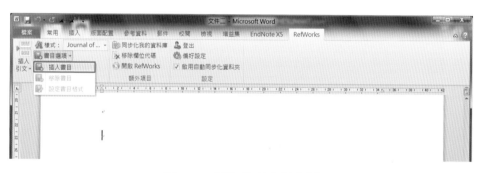

圖3-40　插入參考文獻資料

圖3-41　插入參考文獻後的文稿

在書目編排過程中，我們可以利用 3-2-3 的方式更改書目樣式，選取我們所需的格式。圖 3-42 則是比較不同樣式的書目資料。

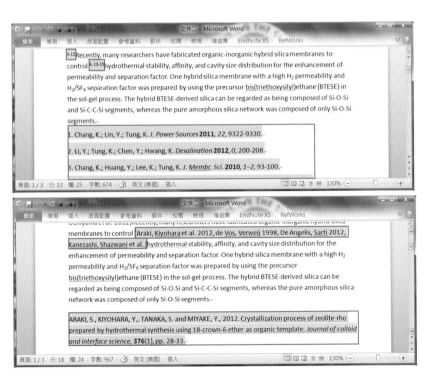

圖3-42　不同格式的書目樣式

除了直接更改書目樣式之外，我們也可以以選定的樣式作為基礎，進一步的修改書目資料的顯示規則。按下「**引文與書目**」、「**書目選項**」、「**設定書目格式**」可以開啟格式設定。在書目格式設定中，我們可以進一步的修改書目的排序依據、順序、段落設定等格式。

圖3-43　書目格式設定

在變更設定之前，先點選下方的 ⚡ 按一下這裡以解除鎖定樣式 以解除鎖定。解除之後可以看到排序、順序、間距、邊界等設定都可以直接進行編輯了。如果想要取消變更，可以直接按下左下角的 返回預設值 即可回覆到預設格式。

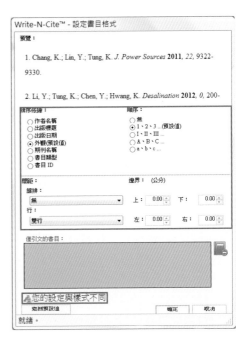

圖3-44　書目格式設定-解除鎖定

　　如果我們想要將書目排列依照作者名稱，順序標號以「羅馬符號」排序，行距設定為 1.5 倍行高，左右邊界設定 2 公分，可依照圖 3-45 的設定方式進行修改。修改後的形式可在上方的預覽窗格中看到，確認後按下確定即可變更。我們可以由圖 3-46 比較修改前後的書目樣式。

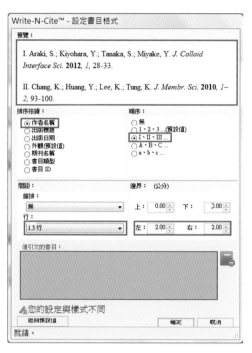

圖3-45　書目格式設定

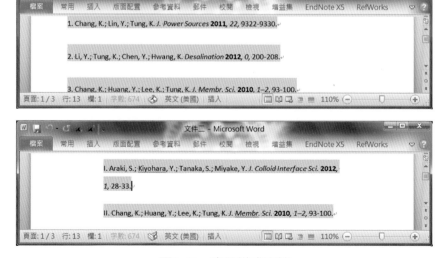

圖3-46　書目樣式比較

　　現在這份稿件的引用格式是基於 Nano Letters 的投稿格式再略做變更，假設我們要改投其它期刊，隨時也可以變更格式。只要依照 3-2-3 節的方式進行變更，或是使用上述的方式進行微調，就可以重新編製書目。圖 3-47 是以 MLA 格式重新編製後的外觀。因此，只要透過書目管理軟體，要更改投稿格式是輕而易舉的。

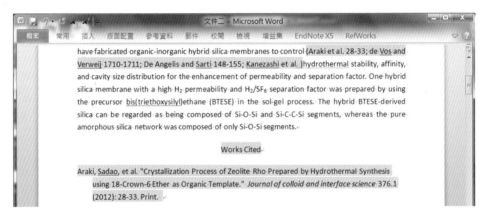

圖3-47　重新選擇 MLA 格式編製書目

　　編製完成的文件當中仍含有功能變數，亦即我們仍然可以隨時增刪文獻、重新編製書目格式等等，但是如果整份稿件已經完成、準備要投稿了，那麼我們必須將稿件轉換成不帶功能變數的文件。在 Write-N-Cite 中，移除代碼後所有帶有功能變數的引用資料都會完全被消除，而且無法再做任何功能性的編修。因此，為了方便日後的編輯與修改，在移除功能變數前，請確認已經存好備份的文稿，以供編修之用。

　　欲移除功能變數，請按下 Write-N-Cite 工具列上的「額外項目」、「移除欄位代碼」。

圖3-48　移除欄位代碼

按下後會出現彈出一視窗提醒使用者：一旦移除功能變數後，Write-N-Cite 將無法再編輯這些文字。隨後按下確定即可移除所有功能性函數。

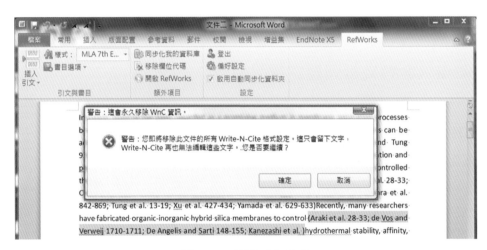

圖3-49　移除功能變數

按下「移除欄位代碼」後，原來的文件將會變成不帶變數的文件，可用以投稿、印刷。Write-N-Cite 建議使用者保留原始檔案，並將清除代碼後的文件另存新檔，同時，亦為將來可能再度修改原稿所作的準備。

圖3-50　將文件另存新檔

由於投稿學術期刊並非將稿件寄出後就開始等待「刊登」或「拒絕」，而是需要經過審查與修改。評價愈高的期刊審查標準愈嚴謹，投稿者需回覆二至三位或更多為審查委員 (reviewer) 所提出之不同問題和意見，而在審查員同意刊登前，通常需要一次以上的溝通和修改。甚至本來投稿到 A 期刊，之後又改投至 B 期刊的例子亦比比皆是。為了避免將來回頭修改時只剩下不帶變數的新文件，因此建議保留原件，以備不時之需。

如果我們沒有將原檔案留下的話，那麼移除變數的新文件雖然仍然可以再次連結 Write-N-Cite，但是它的章節、引用文獻等編號會從 1 開始，這是因為原本包含在文件內的變數已經不復存在。

3-3-2　參考文獻列表之書目編製

RefWorks 提供兩種書目編製功能：其一是 3-1-2 節所介紹的：利用 RefWorks 進行書目編製，將文章中的書目依照選用的書目樣式編製並編成 References；或是將資料庫中某個文件夾、或是整個資料庫編製成為書目列表，以清單的方式呈現並輸出。其二則是 3-3-1 中，利用 Write-N-Cite 將文稿內的功能參數移除，並將文章中的書目編成 References。使用者可以由不同需求選擇書目編製方式。

3-3-3　輸出格式編輯器 Output Style Editor

3-3-1 節和 3-3-2 節已經說明了如何利用「書目編製」功能編製書目列表 (references)，其中有移除文章中的功能變數並且在文末形成格式化的參考文獻的「文稿之書目編製」，另外還有將資料庫中的書目依照指定格式編製成書目列表的「書目列表之書目編製」。

事實上，世界上有許多種書目格式，而書目管理軟體是不可能毫無

遺漏的提供所有格式，因此若找不到適合的書目格式，RefWorks 特別設計了「**要求新的匯出格式**」(Request new output style) 的功能，讓使用者提出書目格式的申請，同時也設計了「**匯出格式編輯器**」(Output Style Editor)，目的就是在於彌補不足的書目格式，讓使用者可以自行修改，並且經過修改的書目格式還可以儲存到個人的資料庫中，將來仍然可以重複利用。

1.「要求新的匯出格式」 Request new output style

首先確認輸出格式清單中，沒有符合需要的輸出格式，接著我們可以向 RefWorks 技術服務單位提出「**要求新的匯出格式**」的要求。

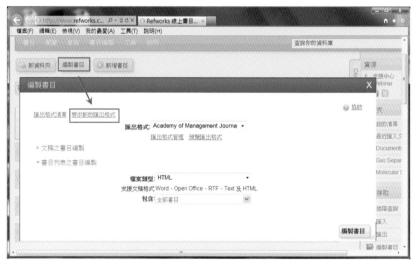

圖3-51 要求 RefWorks 提供格式

接著會出現圖 3-51 的「**要求匯入過濾器／請求匯出格式／要求一個 Z39.50 位址**」對話框。如果在中文畫面下出現亂碼時，請將界面改成英文。

3-3 定稿及書目編製

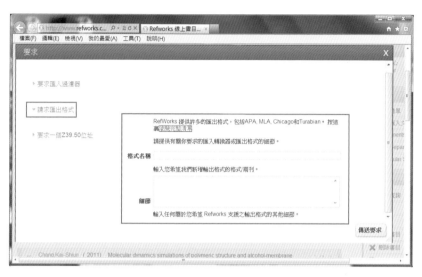

圖3-52　請求書目格式的畫面

　　點選「請求匯出格式」，以請求 *Journal of the Electrochemical Society* 的期刊投稿格式為例，首先在「輸入您希望我們新增輸出格式的格式／期刊。」下方空的格輸入該期刊的名稱，再找出該期刊對於書目格式有何要求，例如許多期刊會提供作者須知（如圖 3-54），或是在該期刊的網站上也可以找到格式的相關規定（例如 Guide for Authors、Author's Gateway），將其複製到「輸入任何關於您希望 Refworks 支援之輸出格式的其他細節。」下方的空格中即可。當然，也可以舉出範例供其參考。

圖3-53　Journal of the Electrochemical Society 網站之 Guide for Authors

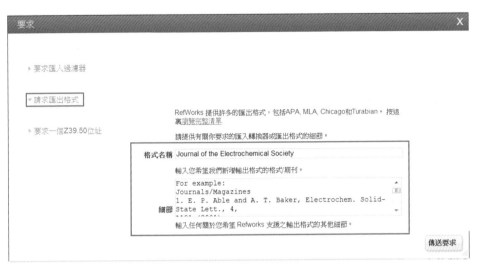

圖3-54　填入輸出格式的名稱及細節

　　輸入格式名稱和細節，最好將該文件的出處（網址）一併提供給 RefWorks 參考，接著按下 傳送要求 就完成格式請求了。我們也可以採用一樣的方式來要求匯入過濾器及 Z39.50 位址。其中匯入過濾器可便於書目的匯入；而 Z39.50 之目的主要在定義 Client（用戶端）與 Server（伺服器）間資料庫查尋與檢索之服務及語法，以便能以一套標準方式存取各種異質電子資源。

2. 自行編製書目格式

　　即便請求格式的服務相當的方便，但還必須花費時間等待對方回覆；事實上描述書目格式並不容易，其中包括太多的細節，一個不注意還是會得到不滿意的結果，因此倒不如自己動手修改書目格式來的簡單、快速。以下將介紹如何修改現有的書目格式，使其成為符合需要的新格式。

　　首先，在匯出格式選單中選取格式並按下 預覽匯出格式 ，找出最符合理

想的書目格式，假設 *Biochemical Journal* 的輸出格式與我們理想中的輸出格式最接近，我們就選擇它作為修改的範本。

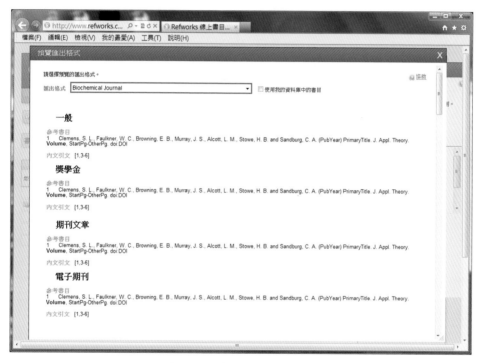

圖3-55　輸出格式預覽畫面

　　回到 RefWorks 書目編製的畫面，選擇「書目編製」、「匯出格式編輯器」，並選取 *Biochemical Journal* 項目以開始編輯。

　　由於資料庫中已經有了名稱為「*Biochemical Journal*」的輸出格式，因此我們必須先為新格式取一個名稱。按下右下角的 另存... 以新增及儲存一個新的格式。

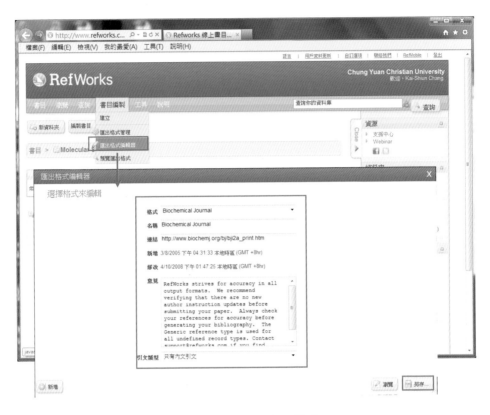

圖3-56　另存一書目格式

　　重新命名格式名稱，例如「*Biochemical Journal -new*」，按下儲存，如圖 3-57 所示。

圖3-57　重新命名書目格式

　　儲存成功的新格式會以紅字標示，點選 ✏修改 並予以編輯。新的格式也會同時被儲存到 RefWorks 個人帳戶中，將來不論何時我們都可以隨時取用它。

圖3-58　新增格式命名完成

　　現在開始介紹如何修改書目格式，先點選 "[預設]"的書目類型 以讀取基本的書目形式。假設我們要將新格式修改成：

　　1. 增加檢索日期，並且置於期刊刊名之後。

　　2. 作者姓名以粗體顯示。

　　由於我們要修改的是期刊論文的格式，因此在複製類型的選單中，先選擇「期刊文章」。

圖3-59　選擇書目類型

　　接著，我們就要依據上述條件進行修改。在 符合此欄位的類型 找出「檢索日期」，按下 ⇒ 將「檢索日期」增加到右方空格中。

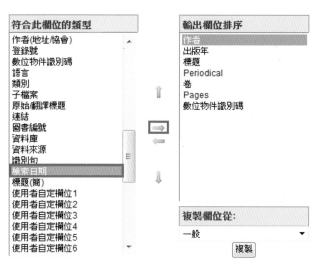

圖3-60　增加新欄位

接著再利用 ⬇ 、 ⬆ 鍵將「檢索日期」調整至「Periodical」（即期刊名稱）之後。

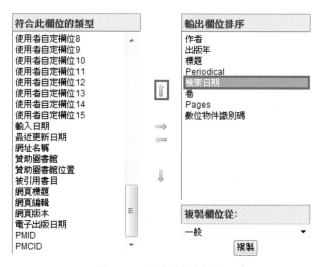

圖3-61　調整欄位順序

　　按下下方預覽窗格的 更新... ，可以看到「檢索日期」已經被排列在刊名之後。

書目編製輸出預覽　更新...
1　Clemens, S. L., Faulkner, W. C., Browning, E. B., Murray, J. S., Alcott, L. M., Stowe, H. B. and Sandburg, C. A. (PubYear) PrimaryTitle. J. Appl. Theory.
RetrievedDateVolume, StartPg-OtherPg. doi DOI

圖3-62　即時書目格式預覽

　　接著，將作者的姓名以粗體的方式呈現，先點選「**作者**」，再勾選「**粗體**」。

輸出欄位排序
作者
出版年
標題
Periodical
檢索日期
卷
Pages
數位物件識別碼

複製欄位從：
一般　　　　　▼
　　　　[複製]

▲**欄位說明** ⓘ 此書目類型中特別的欄位說明

▲**欄位設定** ⓘ 使用\n針對傳回值或\\標籤
包括欄位　永遠　　　　▼
☑ 粗體　☐ 底線　☐ 斜體　☐ 上標　☐ 下標
之前以　　　　跟著
▲**作者設定**
　　　　不顯示 6　如有更多，顯示第一個
　　　　3
☑ 包括全　沿伸 , et al　使用
部或　　☐ 粗體　☐ 底線　☐ 斜體　☐ 上標

圖3-63　更改欄位設定

　　按下下方預覽窗格的 更新... ，就可看到作者姓名變成粗體字了。

圖3-64 由預覽視窗確認書目格式

確定所有要更改的部分都已經修正後，接著就可以按下 █ 儲存 將新格式儲存起來。下一次當我們要編製書目時，選項中就會多出以紅色標示的新格式了。

圖3-65 自製書目格式完成

由於在 RefWorks 中修改書目格式可以經由下方視窗即時預覽，屬於一種「所見即所得」的設計，不論任何欄位的修改都很便利。

Part 2

論文排版要領

▶ 第四章　版面樣式與多層次清單

第五章　參考資料與索引

4-1　簡介 Word 2010 介面

　　Word 2010/2007 與之前的版本（Word 2003 之前）最大不同處在於其指令的平面化。由圖 4-1 可以看到新版本的工具是以標籤形式出現，例如點選「**常用**」標籤，下方的功能區就會列出與「**常用**」指令有關的各類功能，如果點選「**版面配置**」標籤，下方的功能區就會列出與「**版面配置**」有關的各類功能。

圖4-1　Word 2010 採功能標籤

　　若是覺得功能區所占的螢幕空間太大，也可以讓功能區最小化。首先，在工具列上按下滑鼠右鍵，點選「**最小化功能區**」，如此便可隱藏功能區，當要使用時只要按下工具標籤即可。

圖4-2　將功能區最小化

　　另外一個重要的工具區就是「**快速存取工具列**」。在快速存取工具列上，我們可以自己將常用的工具固定其中。按下右方的箭號會展開下拉選單，上面有備選的工具，如果我們需要的工具不在其上，則可按下「**其他命令**」並挑選需要的工具。

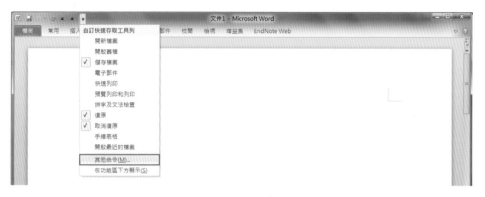

圖4-3　開啟更多命令選項

在這邊我們可以點選需要的命令之後按下 新增(A) >> 將其新增至快速存取工具列。

圖4-4　新增命令至快速存取工具列

或在所需的命令位置上按滑鼠右鍵，選取「新增至快速存取工具列」亦可。

圖4-5　新增命令至快速存取工具列

　　接著是「**檔案**」按鈕，按下這個按鈕可以新增文件或對整份文件檔案進行儲存、列印、傳送等工作。至於按下「**選項**」則會開啟圖 4-4 的畫面。

圖4-6　「**檔案**」按鈕

　　回到 Word 畫面，右方的 是尺規鍵，按下該鍵可開啟尺規工具。下方的 是各種版面模式， 為整頁模式， 為閱讀模式， 為 Web 版面配置， 為大綱模式，而 則是草稿模式。至於版面模式的右方為「**縮放滑桿**」，用來調整稿件畫面的大小。

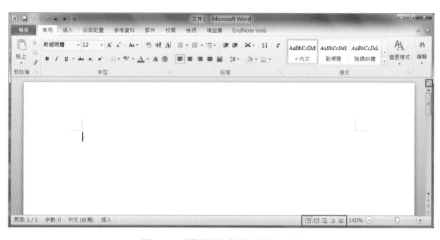

圖4-7　版面模式與縮放比例

　　開始撰寫文章的時候，首先是開啟新檔案，並且制定版面、設定大綱等等，本節主要是讓 Word 2010 的使用者能快速的了解各種功能的配置。

　　利用「檔案」按鈕開啟新檔案時可以開啟不同的類別的文件範本。

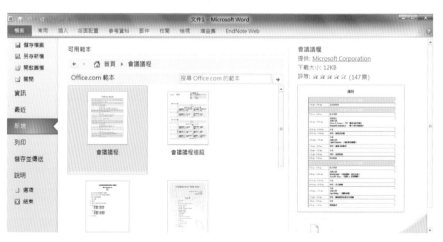

圖4-8　選擇各種範本

　　由於本書是以撰寫學術論文為主，因此我們以開啟空白文件作為說明。接下來的步驟，便是以空白文件為示範，並以學位論文為介紹的重點。

4-2　版面設定

　　開啟一份空白的文件，預設的版面如圖 4-9 所示，邊界上下為 2.54 公分，左右為 3.18 公分，而行距為單行行距，但為了滿足閱讀的舒適度、便於裝訂、符合投稿規定或是為了版面美觀等各種因素，我們可以對此加以修改，以下我們將就幾種較常用的設定進行說明。

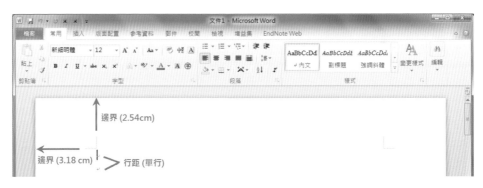

圖4-9　邊界與行距

4-2-1　邊界設定

　　如果撰寫學位論文，那麼還必須要注意邊界的寬度，由於學位論文將會進行裝訂，因此需在稿件左側預留較大的邊界，若是雙面印刷時則必須另行設定，其方式將於本節敘述。

　　設定邊界的方式如圖 4-10，在工具列上按下「**版面配置**」的標籤，然後選擇 Word 預設的邊界或是自訂邊界。

圖4-10　設定邊界寬度

　　以自訂邊界為例，我們可以在「**裝訂邊**」的欄位填入預留裝訂的寬度，之後再將上下左右的邊界依據正常寬度填入，或是將「**裝訂邊**」的寬度設為 0，然後將寬度加入左側邊界內，兩者呈現的版面是相同的。

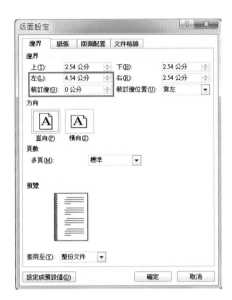

圖4-11　設定邊界寬度

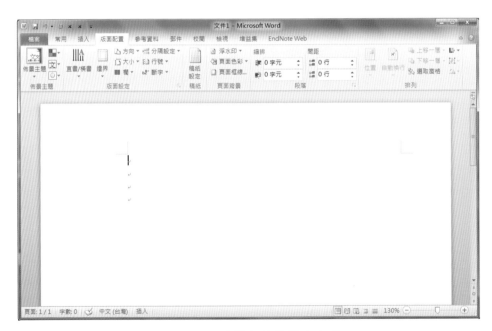

圖4-12　預留裝訂邊的設定方式

　　如果論文係以雙面印刷，則須在「頁數」的選單中選擇「左右對稱」，如此到了偶數頁時較寬的邊界將會自動更改至畫面的右側。

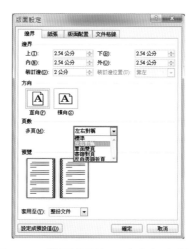

圖4-13　雙面印刷須設定為左右對稱

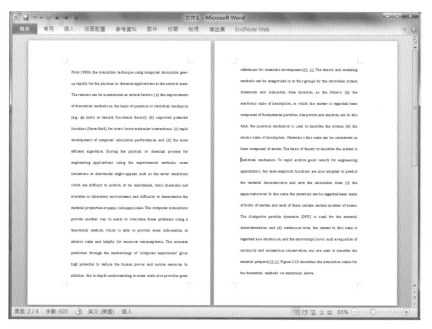

圖4-14　檢視左右對稱的版面

版面設定的其他考量因素尚有頁碼、Running title（書眉標題）的預留空間等等。

4-2-2　行距與縮排

投稿至學術期刊時，我們可以經由 Guide for authors 等投稿須知得知撰寫稿件的規定，以 *Journal of Applied Physics* 為例，其投稿規定就說明必須採用 double-spaced（兩倍行高）的格式撰寫，此外尚有頁碼的編號方式、參考書目的引用格式等等規定。

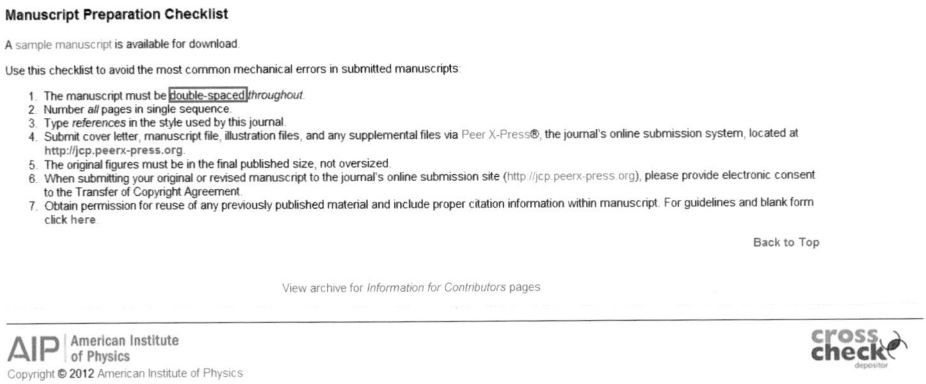

Manuscript Preparation Checklist

A sample manuscript is available for download.

Use this checklist to avoid the most common mechanical errors in submitted manuscripts:

1. The manuscript must be double-spaced throughout.
2. Number all pages in single sequence.
3. Type references in the style used by this journal.
4. Submit cover letter, manuscript file, illustration files, and any supplemental files via Peer X-Press®, the journal's online submission system, located at http://jcp.peerx-press.org.
5. The original figures must be in the final published size, not oversized.
6. When submitting your original or revised manuscript to the journal's online submission site (http://jcp.peerx-press.org), please provide electronic consent to the Transfer of Copyright Agreement.
7. Obtain permission for reuse of any previously published material and include proper citation information within manuscript. For guidelines and blank form click here.

Back to Top

View archive for *Information for Contributors* pages

AIP | American Institute of Physics
Copyright © 2012 American Institute of Physics

cross check depositor

圖4-15　節錄 Journal of Applied Physics 投稿規定

設定行距的方式有二：

1. 在「**常用**」標籤下，按下「**段落**」右下方的箭號；
2. 在「**版面配置**」標籤下，按下「**段落**」右下方的箭號以展開完整功能，如圖 4-17。

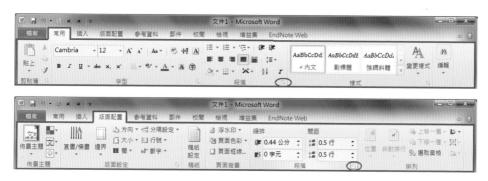

圖4-16　展開段落設定的功能

在「**行距**」選單中選擇「**2 倍行高**」表示行與行的距離為原本的兩倍，也就是圖 4-15 所規定的 double-spaced。下方的「**預覽**」窗格可事先了解設定後的行距與原本單行行距的差別。若是選單中沒有所需的行高，我們可以選擇選單中的「**多行**」，並在右方的「**行高**」處調整所需的數字。

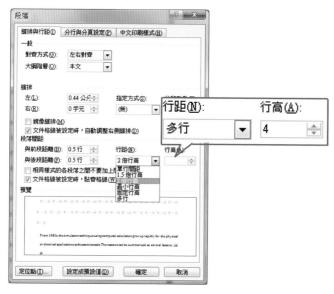

圖4-17　自行調整行距

由圖 4-18 可以比較不同行距在外觀上的差異。

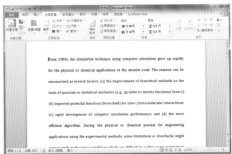

圖4-18　不同行距的外觀

　　撰寫中文論文時，可以事先為每個段落的第一行進行縮排，如此只要按下 Enter/Return 鍵換行就會自動讓出縮排的空間。此外段落與段落之間如果保持一些空間，閱讀起來將會更加清楚美觀。以下是設定的方式：

圖4-19　設定縮排及段落距離

檢視縮排以及段落間距的設定結果，可以發現圖 4-20 右方的效果比左方清楚舒適許多。

圖4-20　比較設定前後的差異

如果我們並非指定只針對首行縮排，那麼整個段落的每一行文字都會縮排，結果將如圖 4-22、4-23 所示。

圖4-21　為整個段落設定左邊縮排

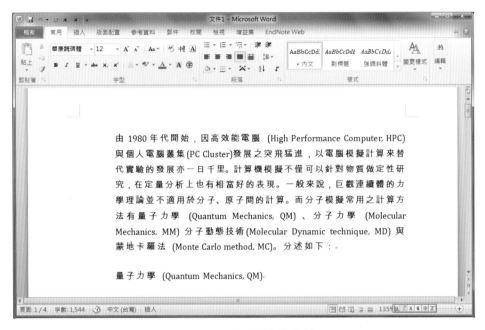

圖4-22　檢視整段縮排的結果

4-2-3　尺規工具

以上介紹了版面設定及縮排等工具都是排版時不可或缺的技巧，其實利用尺規工具也可以輕鬆完成這些動作，以下將簡單介紹尺規工具的用法。

按下右方的 🔲 可開啟尺規工具。將滑鼠移動到尺規區且變成雙箭號 (↔) 時，表示可以對邊界進行調整，除了左右邊界外，亦可調整上下邊界。

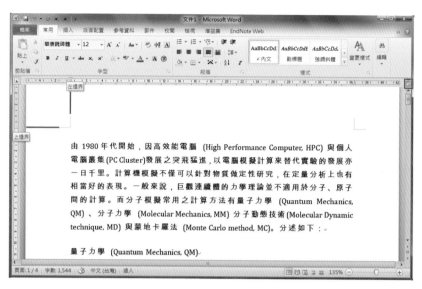

圖4-23　利用尺規調整邊界距離

接下來則以圖片說明其他拖曳工具的意義。當我們要調整某個段落的邊界或縮排，首先必須先選取該段落；如果整份文件都要套用相同的設定，就利用工具列上的「選取」及「全選」選取所有內容。

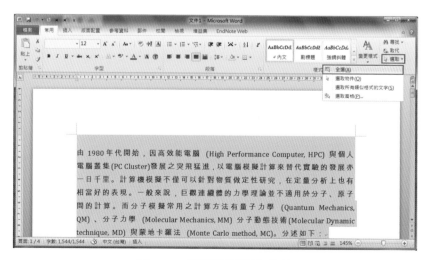

圖4-24　選取要編輯的段落

　　左上方的倒三角形「▽」為「**首行縮排**」的定位點，拖曳此三角形可以對段落首行文字進行縮排。

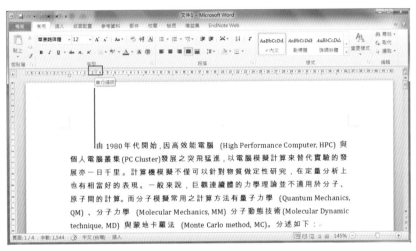

圖4-25　首行縮排

　　至於「△」則為「**首行凸排**」的定位點，表示除了每段第一行之外的各行文字都將被限制至指定位置。

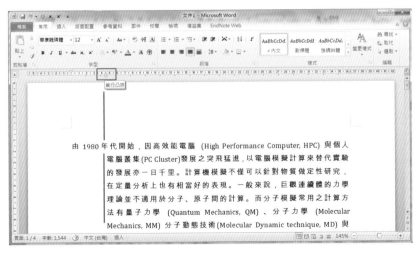

圖4-26　首行凸排

如果拖曳代表左邊縮排的「⌐」時，會將整個段落的所有文字向指定方向移動。

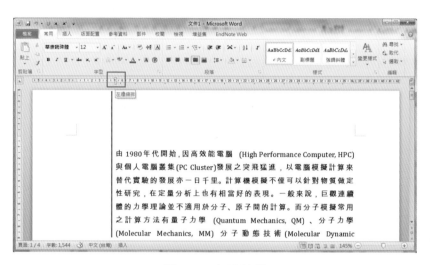

圖4-27　左邊縮排

另外尚可延伸應用在圖、表等編排上，讓整個段落更加清晰易讀。

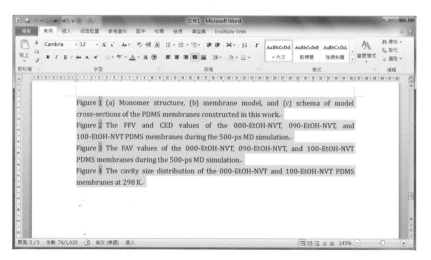

圖4-28　選取要變動的文字

利用「**首行凸排**」的△鍵將首行以外的文字移動至適當位置即可。

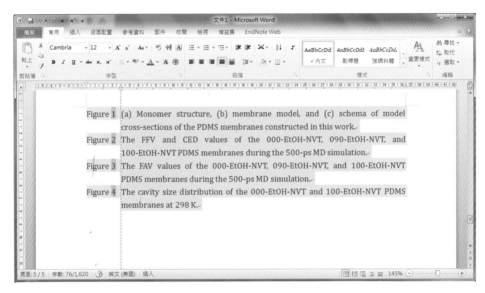

圖4-29　檢視調整後的外觀

4-2-4　頁碼設定

　　某些期刊會要求作者標示頁碼，例如 *Journal of Applied Physics*（見圖 4-15）就有本項規定，而學位論文則更需要標示頁碼，且通常包含兩大部分前半部為封面、致謝、摘要、目錄等等資料，一般會採用羅馬數字 (I、II、III...) 編碼，後半部為緒論、文獻回顧、研究方法、結果與討論、結論、參考文獻及索引等資料，一般會採用阿拉伯數字 (1、2、3...) 編碼。

　　要加入頁碼，首先在「**插入**」標籤下選擇「**頁碼**」功能，系統以阿拉伯數字為預設用字，如果要羅馬數字或是中文數字、英文字母、天干地支等編碼方式則需先進入「**頁碼格式**」進行設定，之後再如圖 4-30 所示挑選頁碼所在的位置，例如「**頁面底端**」，再挑選頁碼靠左、靠右或

是置中、圖形等選項。

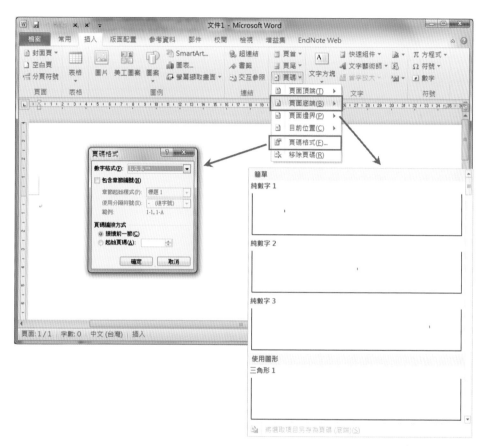

圖4-30　選擇頁碼的形式

選定之後，整份文件都自動加入了頁碼。

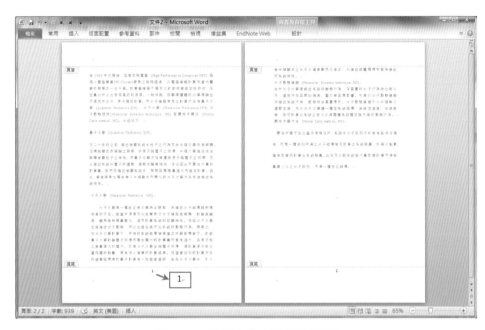

圖4-31　整份文件自動加入頁碼

　　至於前面提到一份稿件可能需要兩種以上的編碼方式，例如前半部為羅馬數字，後半部為阿拉伯數字等，或是各章節都重新編碼，那麼首先需要在文件中插入「分節符號」讓整份文件分割成數個部份，由於一般都是以章節為分割點，故稱為「分節」。其步驟如下：

　　在預定插入分節符號處按一下滑鼠定位，點選「版面配置」標籤，選擇「分隔設定」並在選單中選擇「分節符號」的「下一頁」，將分節處逐行換頁。如果要檢視分隔設定的格式化標記，可以點選工具列上的「檔案」、「選項」、「顯示」、「顯示所有格式化標記分節符號」，則可以看到分節符號的標記，如圖 4-33 所示。

圖4-32　插入分節符號

在插入分節符號的頁面下方可以看到一條橫線標記，此即為分節線，橫線之前為前一節，之後為後一節。

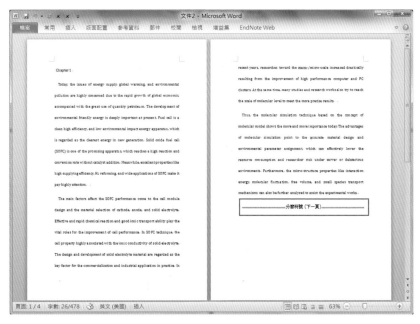

圖4-33　插入分節符號

　　接著為整份文件插入頁碼，利用圖 4-30 的方式將數字格式訂為羅馬數字，此時整份文件皆以羅馬數字連續編號。

圖4-34　整份文件皆以羅馬數字標注頁碼

　　接著前往次一章節首頁，也就是分節符號後的首頁，並且選取下方的頁碼，按下工具列的「**頁碼格式**」，將數字格式調整為阿拉伯數字，並設定頁碼編排方式為「啟始頁碼：1」，表示由此頁碼開始將以阿拉伯數字編號，並且將本頁視為第 1 頁。

圖4-35　設定次章節的起始頁碼

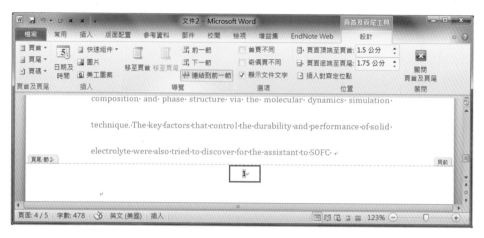

圖4-36　檢視新頁碼的外觀

　　如果這份文件分成許多章節且各需不同的頁碼格式，只要重覆上述步驟即可。完成之後按下「**關閉頁首及頁尾**」便可結束頁碼編輯並回到文件編輯畫面。

　　要在既成的頁碼上進行修改，可先選擇工具列上的「**插入**」、「**頁尾**」並在選單中選擇「**編輯頁尾**」，如此即可回到頁尾編輯畫面。

4-2．版面設定

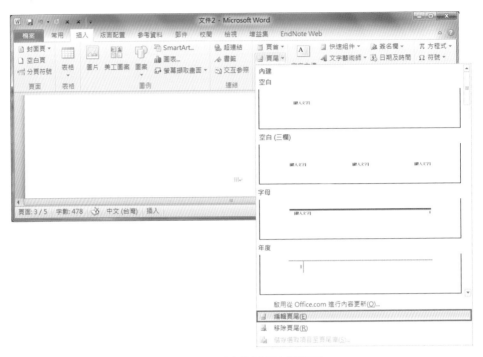

圖4-37　重新編輯既成頁碼

4-2-5　雙欄格式

在編輯版面時常須節省版面而採用雙欄格式編排，因為許多圖片並不大，如果使用單欄（一般）格式排版會占去大量空間，圖 4-38 說明了同樣數量的文字和圖片，採用不同的分欄格式編排所需的空間大不相同。

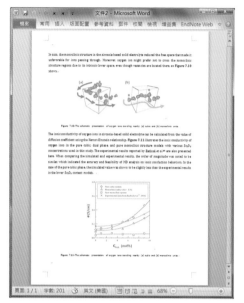

圖4-38 單雙欄格式之比較

又例如在文中需列出物品、原料、專有名詞等等各種一覽表，如果一項物品就要用去一行，那麼不但會占去許多頁數，同時也相當不利於閱讀。但是將這些資料以適當的欄數顯示，得到的視覺觀感和節省的版面都有很好的效果。

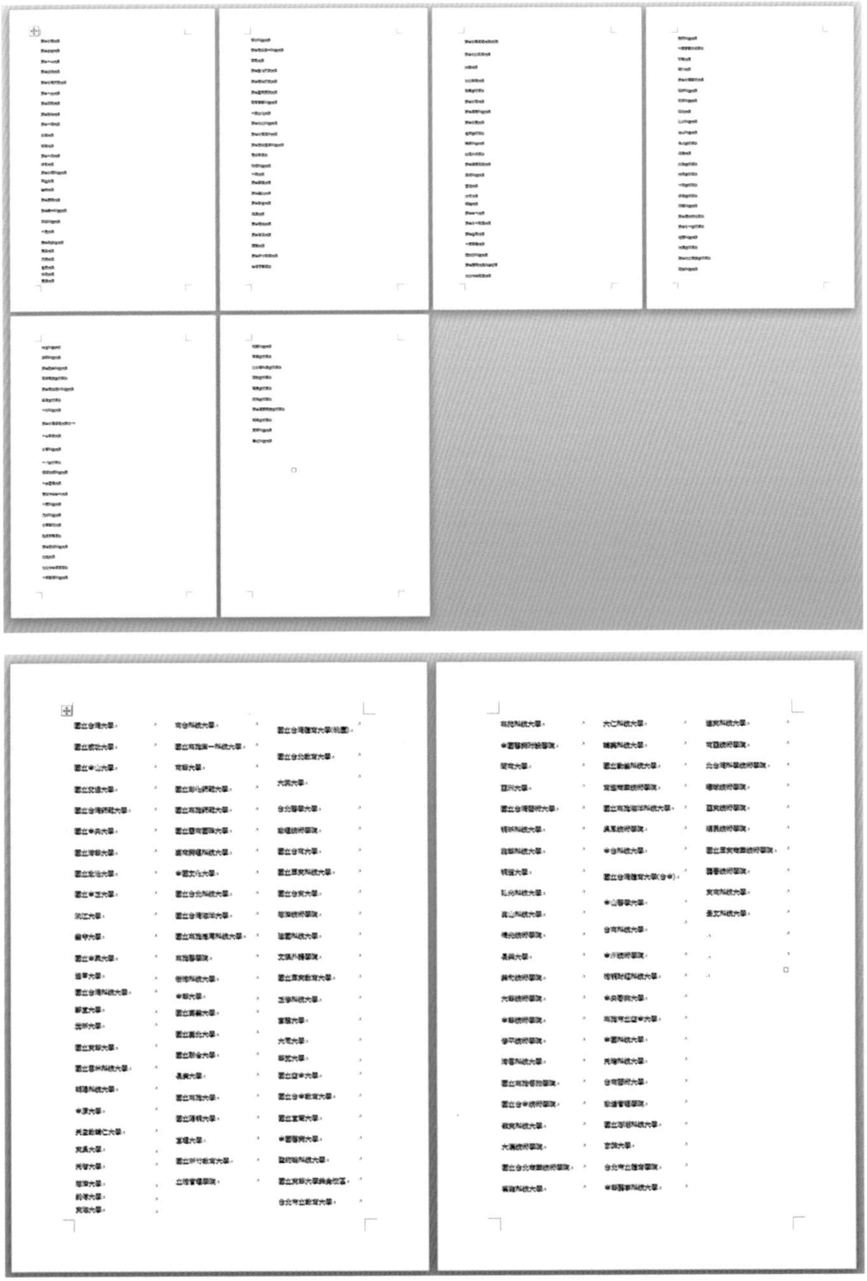

第四章　版面樣式與多層次清單

圖4-39　利用分欄節省版面並便於閱讀

　　要將資料改為雙欄格式須先選定要變動的範圍，接著按下工具列上的「版面配置」的「欄」，接著選擇欄數。

圖4-40　選擇欄數

　　或是按下選單中的「其他欄」進行設定，例如寬度不等的兩欄，或是調整欄與欄之間的間距等進階功能。

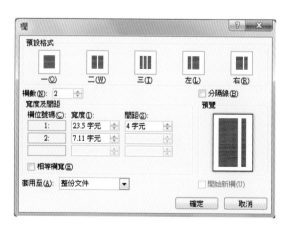

圖4-41　分欄進階設定

　　若僅文件中某段落需要分欄，我們可以依據下列步驟處理。首先，選取要更改的部分，再挑選適合的欄數。

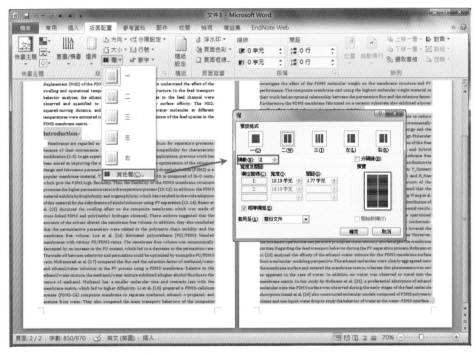

圖4-42　選定變動的範圍並設定條件

　　接著就可以看到選取的部分已經自動依照設定完成分欄顯示，如圖4-43 所示。

第四章　版面樣式與多層次清單

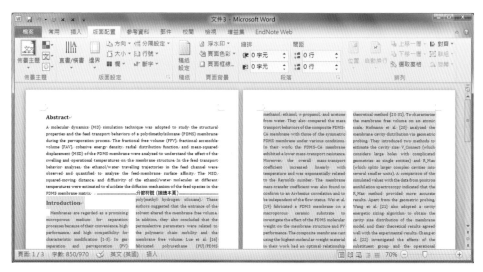

圖4-43 完成部分內容分欄顯示

　　要取消分欄設定也很容易，只要選取要更動的部分，再以同樣的方式將欄數設定為 1 欄，之後把分節符號刪除即可。

4-2-6　中英雙欄對照

　　另一種常見的「雙欄」格式是中英對照。

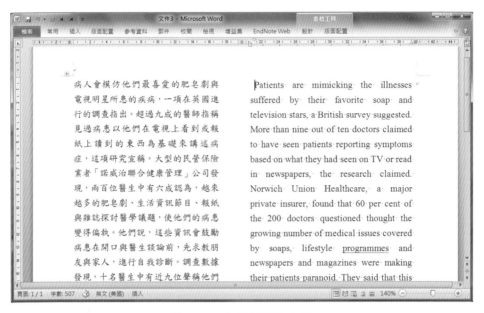

圖4-44　中英對照的文件

　　這和前述的雙欄格式不同，因為雙欄格式式將整組文字以左右兩欄方式排列，當左欄文字到達頁尾時會自動於右欄接續。而中英對照的格式是兩組文字，一組在左、一組在右，彼此互不干涉。當左方文字到達頁尾時並不會自動換到右方，而會延伸到下一頁。因此，雙欄格式並不適用於此特殊情況。要解決這個問題只要利用表格功能即可。首先，在文件中插入2欄1列的表格（橫者為欄、直者為列）。

第四章　版面樣式與多層次清單

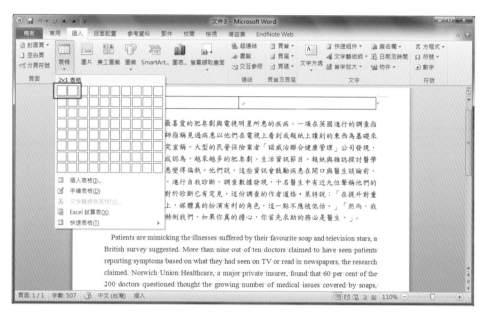

圖4-45　插入 2 欄 1 列之表格

　　選取中文文字，拖曳至左欄，再選取英文文字拖曳至右欄，完成後在表格左上角連按 2 次 以選取整個表格，並進入「表格工具」的「設計」標籤。在「框線」的選單中挑選「無框線」，也就是表格依舊存在，但框線則以無色彩取代原本的黑色。

4-2　版面設定

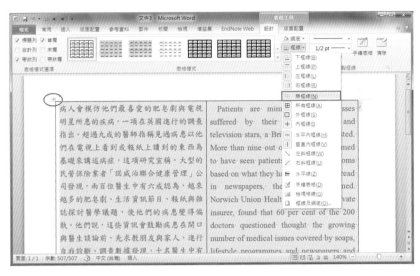

圖4-46　更改框線格式

　　如此便完成了中英雙欄對照的格式。若是兩者文字長度有差距，可以利用 4-2-2 節的段落設定功能調整行距，將版面調整至相仿的長度即可。

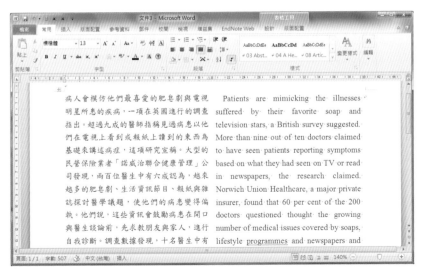

圖4-47　完成中英雙欄對照格式

如果我們希望兩欄之間能保留較大的空間，可以利用 4-2-3 節所提到的尺規工具調整左邊或是右邊縮排。

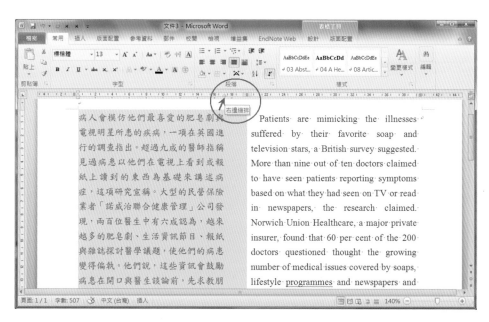

圖4-48　利用尺規調整左右縮排

4-2-7　表格工具

利用表格工具除了可以製作中英雙欄的格式之外，還可以做為圖表及說明文字的定位輔助工具。以圖 4-49 為例，圖片旁邊有說明文字，上方有該物質的名稱，如果我們僅依靠 Enter 鍵和 Space 鍵來處理，將來極可能發生圖文不相鄰的問題。

ACTIVATED CARBON

Physical characteristics:
Color: black
Density: 27.5 pounds per cubic foot
Mesh size: 8x30 mesh　12x40 mesh
There are many applications for our various grades of carbons. They may include point of entry-point of use (POE/POU) water filters for removing chlorine and organic contaminants from tap water, extruding carbon block for drinking water cartridges and color and taste removal in water purification processes. AWWA Standard B604 and NSF Standard 61 approved.

圖4-49　帶有文字說明的圖片

此時透過表格工具可以將文字和圖片連結在一起，其步驟如下：
首先建立一個 2 行 2 列（直者為行、橫者為列）的表格。

圖4-50　建立適當行列的表格

按下選定上方兩欄儲存格並使之合併成為一欄。

圖4-51 合併儲存格

接著在各個儲存格中填入文字並插入圖片，此時整個格式已經非常接近我們需要的外觀。

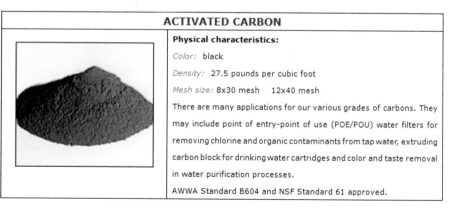

圖4-52 將資料填入表格

接下來只要去除表格的框線就是我們需要的效果。要去除框線首先須選取整個表格後按下滑鼠右鍵，開啟「框線及網底」的功能。

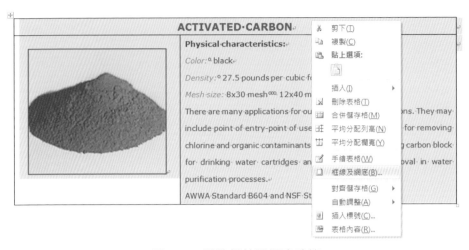

圖4-53　開啟框線及網底功能

　　將框線的設定改為「無框線」，也就是表格依舊存在，但在畫面上及列印時不要顯示框線。

圖4-54　將表格設定為無框線

　　完成之後可以看到成果如圖 4-49 所示。若覺得毫無框線的表格不易於重複編輯，那麼可以透過工具列上的「**常用**」標籤中選擇「**段落**」工具中的 ▦▾ 圖示，或由下拉選單中開啟「**檢視格線**」的選項，讓原本沒有框線的表格以淡淡的虛線標示出來，便於編輯，但在列印的時候卻可不被印出。

圖4-55　檢視表格格線

4-2　版面設定

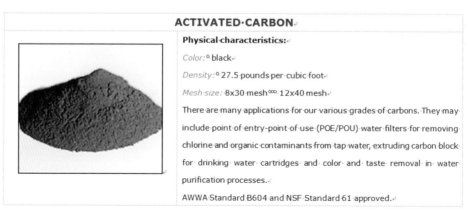

圖4-56　無格線的表格以虛線表示

除此之外，其他各種複雜的例子也可以透過表格加以整理。當然，在同一組表格內亦可同時將「框線」和「無框線」並行使用，目的都是為了讓讀者更能了解作者要表達的意思。

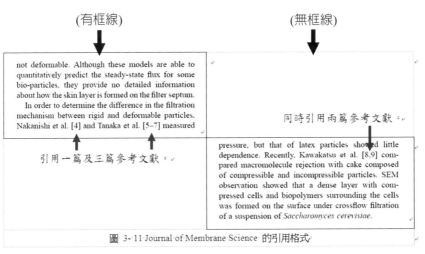

圖4-57　混用框線的應用

列印時的外觀為：

not deformable. Although these models are able to quantitatively predict the steady-state flux for some bio-particles, they provide no detailed information about how the skin layer is formed on the filter septum.
In order to determine the difference in the filtration mechanism between rigid and deformable particles, Nakanishi et al. [4] and Tanaka et al. [5–7] measured

引用一篇及三篇參考文獻。

同時引用兩篇參考文獻。

pressure, but that of latex particles showed little dependence. Recently, Kawakatsu et al. [8.9] compared macromolecule rejection with cake composed of compressible and incompressible particles. SEM observation showed that a dense layer with compressed cells and biopolymers surrounding the cells was formed on the surface under crossflow filtration of a suspension of *Saccharomyces cerevisiae*.

圖 3- 11 Journal of Membrane Science 的引用格式

圖4-58　檢視混用框線的列印外觀

4-3　多層次清單

　　撰寫論文或長篇著作，最常遇到的難題就是章節次序的維護。有時明明只更動一個小細節，卻必須將整份文件從頭到尾修改一遍，讓人不勝其煩，例如目錄、索引等資料得更新。而透過大綱製作的技巧可輕鬆解決所有的問題，只要在撰寫論文之前將論文的層次、格式先行設定即可。首先須認識多層次清單的設定環境。

　　開啟 Word 文件，前往工具列「常用」標籤的「段落」功能，按下 圖示，並由選單中挑選「定義新的多層次清單」。

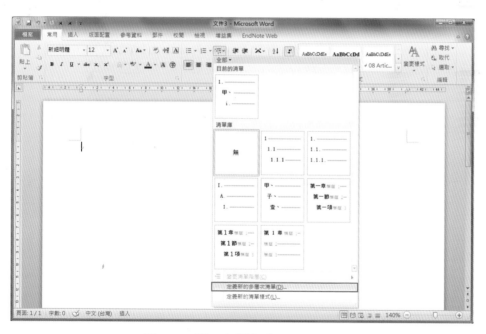

圖4-59　進入多層次清單設定畫面

　　按下 更多(M) >> 以展開右方紅框內的功能。

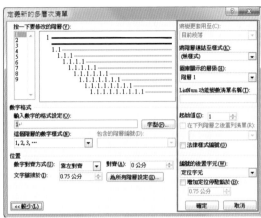

圖4-60　在此畫面定義多層次清單

　　在此先解釋何謂「**多層次清單**」。在閱讀論文或長篇著作時，常見「**部、章、節、小節**」等分類架構，透過章、節可讓整部作品的編排井然有序，有前後、上下關係。例如第一部和第二部是前後的關係，而第一部和第一章則是上下的關係。如此層次分明的架構就是「**多層次**」之意，而清單則是指這些層次的集合，也就是一覽表。現在我們要設定多層次清單，使其結構符合我們的撰寫要求。

　　首先，我們必須先為稿件規劃一個適當的架構，例如是否採用「**章、節、小節**」來安排內文？另外，也必須思考所採用的文字及格式，例如中文數字或阿拉伯數字？定案之後就可以開始設定「**多層次清單**」了。

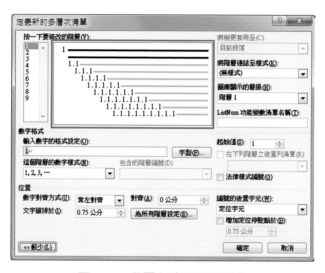

圖4-61 多層次清單預覽視窗

4-3-1 設定多層次清單

假設我們需要的格式為三階層的結構，其文字形式如圖 4-62 所示：

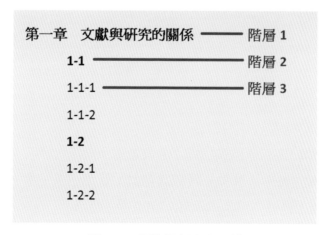

圖4-62 預先規劃文章架構

Step 1

　　首先，點選階層 1，表示我們現在要設定階層 1 的格式。由於我們需要的文字形式是「第一章」，因此先在數字格式的欄位內填入中文的「第」與「章」，然後將數字樣式更改為中文數字「一、二、三」。我們也可以利用「字型」鍵將「第、章」的字型更改為標楷體等其他字型。

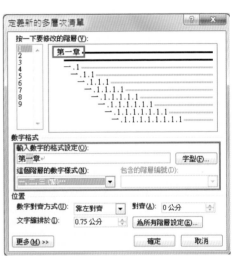

圖4-63　設定第一階層格式

Step 2

　　接下來將階層 1 連結到標題 1，表示這個階層代表一個「標題」；此處的「標題」係與「內文」等樣式相對，表示「第一章」之後的文字是標題的性質，而非內文、副標題、引文等等性質。

圖4-64 將章節編號和標題連結在一起

Step 3

接著點選「**階層 2**」進行下一階層的設定。由於階層 1 使用的是中文數字「**一**」，所以會沿用至階層 2、階層 3 等。如果要將首字改變為阿拉伯數字「1」，只要勾選「**法律樣式編號**」即可。然後 1.1 的「.」（點）換成「-」（橫線）即成我們需要的格式「1-1」。

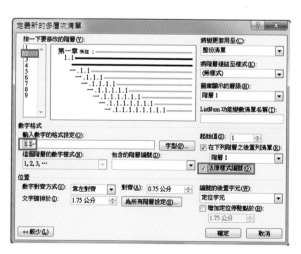

圖4-65 對階層 2 進行設定

　　同樣地，將階層 2 連結到「**標題2**」，表示本階層也是屬於「**標題**」的樣式。

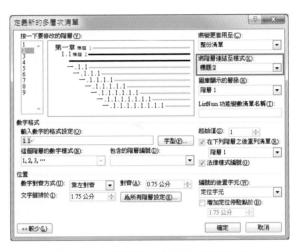

圖4-66　將階層 2 定義為標題樣式

Step 4

　　階層 3 與階層 2 的設定方式相同。

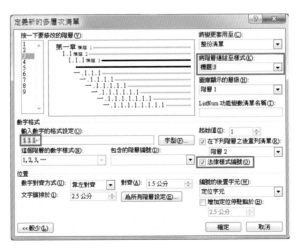

圖4-67　對階層 3 進行設定

現在我們所需要的三個階層都已經設定完成，按下「**確定**」鍵回到 Word 文件便可以開始撰寫的工作。

4-3-2　撰寫標題及內文

經由 4-3-1 的設定之後各層次的標題都已經定義完畢，回到 Word 文件按下工具列「**常用**」標籤的「**樣式**」，並按下右下方的 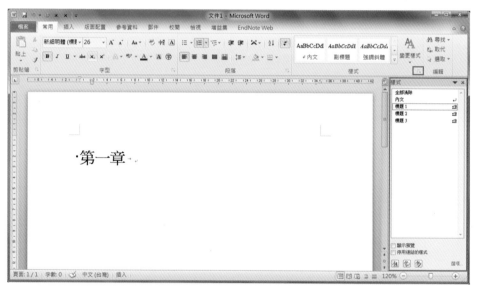 以展開完整的樣式功能。

圖4-68　展開完整的樣式功能

Step 1

在「**第一章**」的後面輸入標題文字。

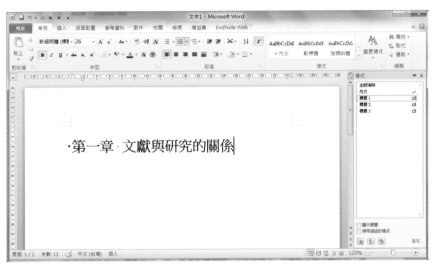

圖4-69　輸入標題文字

Step 2

　　完成後按下 Enter 鍵換到下一行。如果我們要開始編輯標題 2，只要點下樣式欄內的「**標題 2**」就會自動出現「1-1」的字樣，同樣地，我們可以在此編輯 1-1 的標題文字。

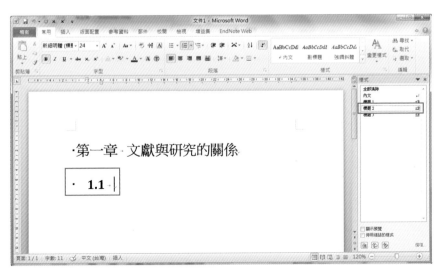

圖4-70　切換至標題 2

如果我們要開始編寫內文，只要按下 Enter 鍵換行之後再按下右方樣式欄內的「**內文**」就會自動切換到內文樣式。

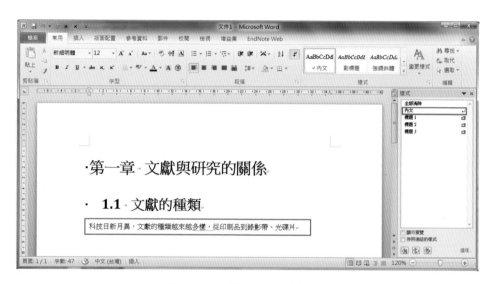

圖4-71　標題與內文層次分明

利用這樣的方式便可撰寫一篇條理分明的文章。不論我們在撰寫的途中想要刪除或是新增某些章節，都不必擔心牽一髮而動全身，因為所有的標號都會自動重新排序無須逐項修改。由於 Word 所設定的內文樣式為靠左對齊、無縮排、與前段距離為 0、單行行距，如果要進行修改，可在內文的字樣上按下滑鼠右鍵，並選擇「**修改**」就可進入「**修改樣式**」的選項。

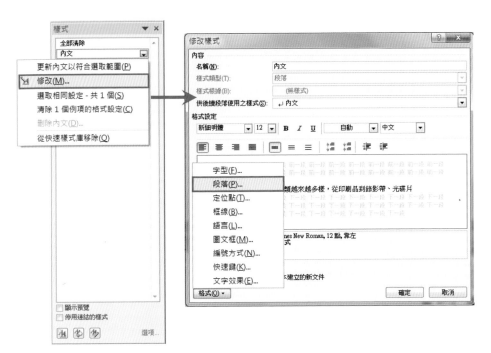

圖4-72　修改內文樣式

將設定更改成所需要的格式。

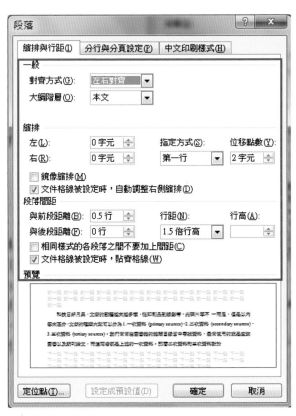

圖4-73　調整段落設定

如此，只要撰寫內文文字，就會自動套用設定完成的格式。

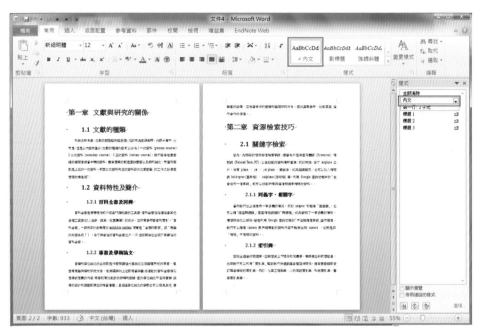

圖4-74　標題與內文皆可自由調整格式

　　而透過「**功能窗格**」可以得知目前所在位置，並且可以輕鬆地跳躍到某章、某節，節省寶貴時間。若要開啟此模式，只需在工具列的「**檢視**」標籤下開啟「**功能窗格**」即可。此外，透過功能窗格，可以直接移動某章或某節，例如將 1-1-1 與 1-1-2 的內容對調。

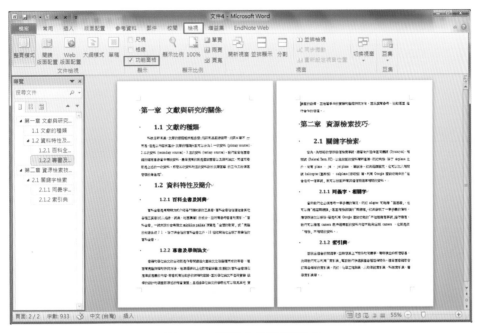

圖4-75　開啓文件引導模式

4-3-3　製作目錄

透過多層次清單的設定而撰寫的文章，其另一個很大的優勢就是可以自動形成目錄。不但任何標題的細微更動都可以自動追蹤更新，同時還可以將頁碼一併顯示其上，其效益不言可喻。

Step 1

在工具列上的「**參考資料**」標籤中，點選「**目錄**」，並由選單中挑選「**自動目錄**」。

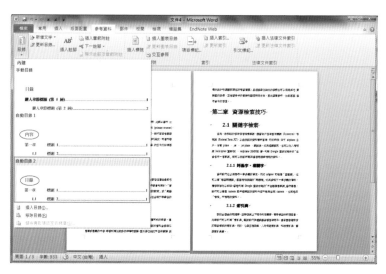

圖4-76   開啓自動目錄功能

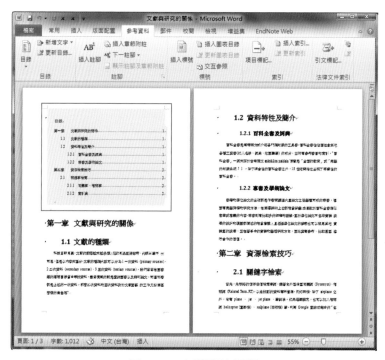

圖4-77   自動產生目錄

Step 2

　　「自動目錄1」的顯示文字為「內容」，「自動目錄2」的顯示文字為「目錄」，這些文字都可以日後再行修改，例如更改為 Table of Contents 等。

<table>
<tr><td colspan="2">內容</td></tr>
<tr><td>第一章</td><td>文獻與研究的關係⋯⋯⋯⋯⋯⋯⋯⋯⋯⋯⋯⋯⋯⋯⋯ 1</td></tr>
</table>

目錄

第一章	文獻與研究的關係⋯⋯⋯⋯⋯⋯⋯⋯⋯⋯⋯⋯⋯⋯⋯	1
1.1	文獻的種類⋯⋯⋯⋯⋯⋯⋯⋯⋯⋯⋯⋯⋯⋯⋯⋯⋯	1
1.2	資料特性及簡介⋯⋯⋯⋯⋯⋯⋯⋯⋯⋯⋯⋯⋯⋯⋯	2
1.2.1	百科全書及詞典⋯⋯⋯⋯⋯⋯⋯⋯⋯⋯⋯⋯⋯	2
1.2.2	專書及學術論文⋯⋯⋯⋯⋯⋯⋯⋯⋯⋯⋯⋯⋯	2
第二章	資源檢索技巧⋯⋯⋯⋯⋯⋯⋯⋯⋯⋯⋯⋯⋯⋯⋯⋯	2
2.1	關鍵字檢索⋯⋯⋯⋯⋯⋯⋯⋯⋯⋯⋯⋯⋯⋯⋯⋯	2
2.1.1	同義字、相關字⋯⋯⋯⋯⋯⋯⋯⋯⋯⋯⋯⋯⋯	3
2.1.2	索引典⋯⋯⋯⋯⋯⋯⋯⋯⋯⋯⋯⋯⋯⋯⋯⋯⋯	3

圖4-78　代表目錄的文字

Step 3

　　直接在畫面上修改文字即可。

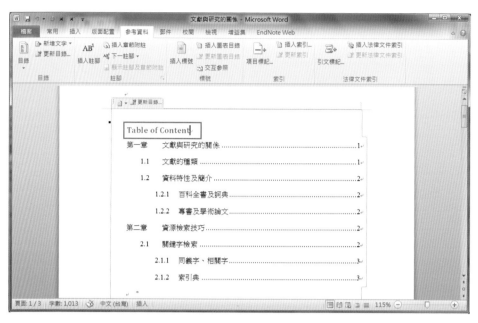

圖4-79 更改目錄文字

Step 4

目錄文字修改完成。

Table of Content		
第一章 文獻與研究的關係		1
1.1 文獻的種類		1
1.2 資料特性及簡介		2
1.2.1 百科全書及詞典		2
1.2.2 專書及學術論文		2
第二章 資源檢索技巧		2
2.1 關鍵字檢索		2
2.1.1 同義字、相關字		3
2.1.2 索引典		3

圖4-80 修改完成

　　目錄所出現的位置將視滑鼠所在位置而定，如果滑鼠所在位置在全文末，目錄也將自動產生於全文末。

　　要移除目錄僅需在同一個選單中按下「移除目錄」即可。

內建
手動目錄

　　目錄

鍵入章節標題 (第 1 層)..1
　　　　鍵入章節標題 (第 2 層)...2
自動目錄 1

　　內容

第一章　　　標題 1...1
　　1.1　　　標題 2...1
自動目錄 2

　　目錄

第一章　　　標題 1...1
　　1.1　　　標題 2...1

　　插入目錄(I)...
　　移除目錄(R)
　　儲存選取項目至目錄庫(S)...

圖4-81　移除目錄

Part 2

論文排版要領

第四章　版面樣式與多層次清單

▶ 第五章　參考資料與索引

5-1　參照及目錄

　　Word 2010 有關「參考資料」的各項功能對撰寫長篇論文有相當大的助益，許多人都知道它能夠幫助作者管理章節、註腳、參考文獻，製作目錄、索引等，但卻選擇視若無睹。其實這些功能的操作相當簡單，只需要幾個動作就可以管理整篇論文，可謂「先苦後甘」的工作，何況事實上一點也不困難；當論文越寫越長、內容越來越龐雜時，更會感受到事前管理的重要。

圖5-1　Word 2010 參考資料工具

　　所謂交互參照指的是將內文文字與標題互相連結，當標題變動時，內文文字也會一同變動。最常見的情況就是章節參照以及圖表參照、方程式參照。經過設定的資料因為內含「**功能變數**」，因此可以自動排序產生目錄。以下 5-1 各節將說明如何設定參照及製作目錄。

5-1-1　章節交互參照

　　要使用章節交互參照功能，在撰寫論文時就必須以本書 5-3 所述的「**多層次清單**」方式將章節定義清楚，如此這些被定義的章節都含有「**功能變數**」在內，也才能夠使用交互參照功能。章節交互參照最典型的例子如同圖 5-2 所示，在文章內出現「**見 1-2-1**」等字樣。一旦發生章節調整的狀況，就必須一一找出對應的內容並加以修改，相當的繁瑣；如果利用交互參照功能將章節和文字相連結，那麼不論日後如何更改順

序，兩者的內容都會同時更新，不會讓讀者產生不知所云的窘境。

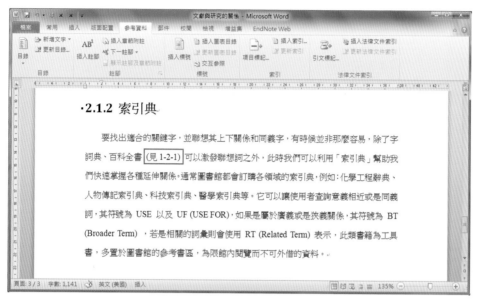

圖5-2　典型章節參照之例

　　要在文章內加入交互參照，首先在文件中點一下滑鼠定位，接著按下工具列上「參考資料」標籤的「標號」，並開啟「交互參照」的功能。

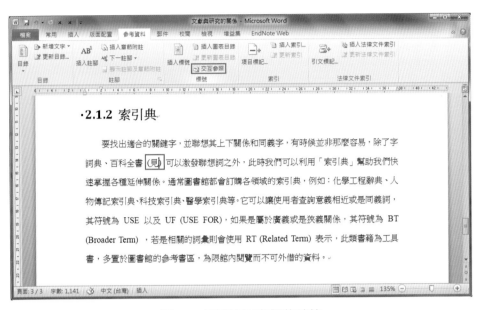

圖5-3　開啓交互參照的功能

由於這篇文章已經透過多層次清單，定義出含有功能變數的架構，因此很容易可以找到要連結的項目：點選之後按下「插入」。

圖5-4　選定要連結的項目

接著在剛才滑鼠定位處就可以看到「1-2-1」字樣已經自動出現在內文中。

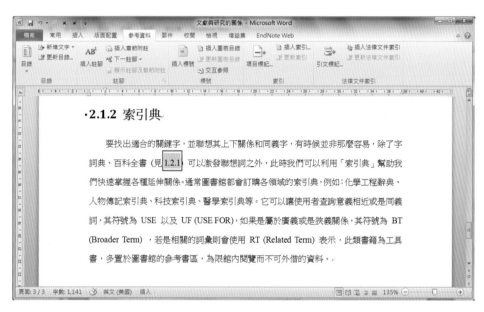

圖5-5　完成參照工作

現在做一個試驗，假設在原本的「**1-2-1 百科全書及詞典**」之前另加一節「**1-2-1 資料概論**」，那麼原本的「**1-2-1 百科全書及詞典**」的標號將會自動變成「**1-2-2**」。這樣對於剛才設定的交互參照有何影響呢？

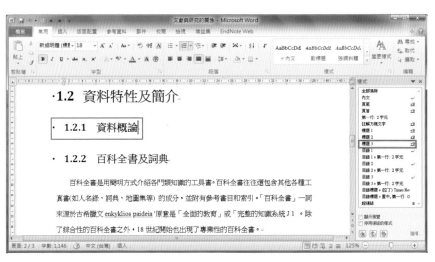

圖5-6　章節次序產生變動

檢視剛才的參照文字可以發現「見圖 **1-2-1**」的字樣已經變成了「見圖 **1-2-2**」了。

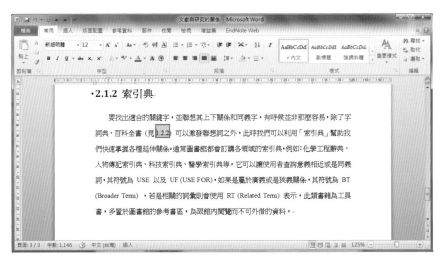

圖5-7　交互參照文字產生變動

要確保所有變動都是最即時的，只要在任何一處參照處按下滑鼠右鍵，再選擇「更新功能變數」即可。

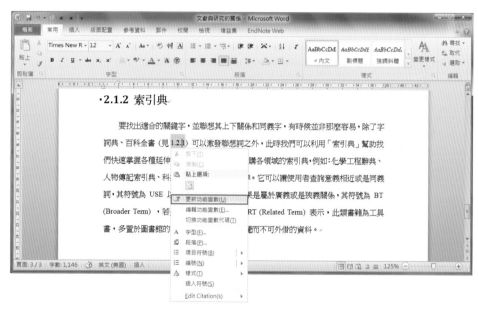

圖5-8　更新功能變數

5-1-2　圖表交互參照

圖表交互參照與章節交互參照的意義相同，也是將內文與圖表標題相連結，一旦圖表標號改變，指示用的內文也會一併改變。而如同章節架構需要透過多層次清單產生功能變數，讓 Word 可以追蹤其變化之外，圖表也需要功能變數才能與文字產生連結。

假設我們希望建立如圖 5-9 的「圖表參照」。

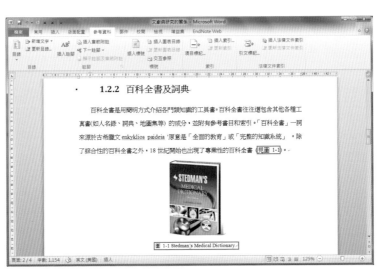

圖5-9　文字與標號相呼應

Step 1

首先在圖片下方要插入標號處點一下滑鼠定位，接著按下工具列上「參考資料」開啟「插入標號」功能。

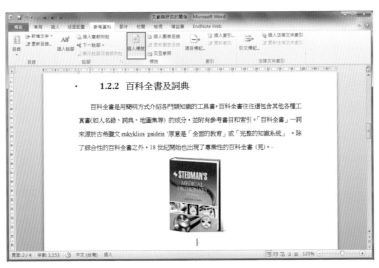

圖5-10　開啟插入標號功能

Step 2

Word 預設的標籤是「圖表」，後方的「1」則是自動產生、帶有功能變數的標號，如果希望將「圖表」標籤改成「Fig.」或是「圖」、「表」等文字，只要按下「新增標籤」的按鍵便可自行建立新的標籤。此處我們在「新增標籤」的畫面中輸入「圖1-」。

圖5-11　進入標號設定畫面

Step 3

按下確定，回到標號設定畫面，後方的標號會自動產生變成帶有功能變數的「圖1-1」，確認格式無誤之後，按下確定。

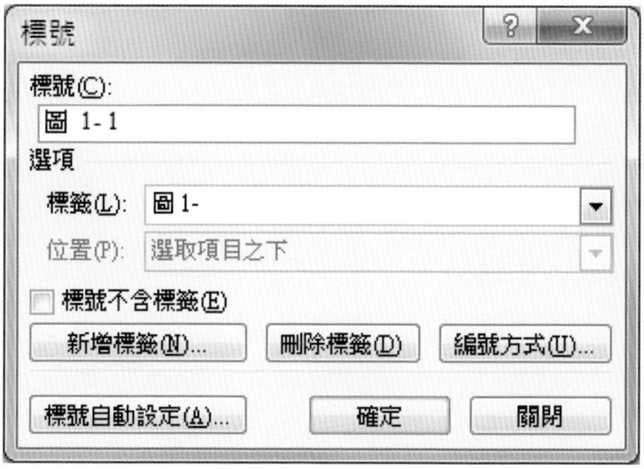

圖5-12　標號會自動產生

Step 4

　　回到 Word 文件，圖片下方已經產生「**圖1-1**」的字樣，只需補上圖說文字即可。至於要如何將圖表標號與參照文字相連？同樣地，在要插入參照連結處，也就是「**見**」字後方點一下滑鼠定位，按下「**交互參照**」。

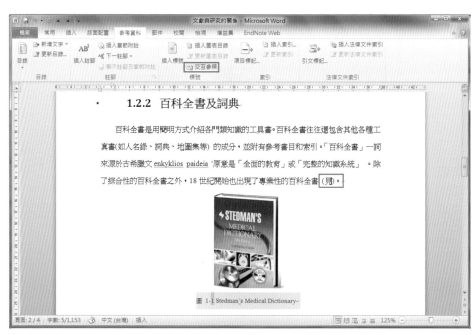

圖5-13　帶有功能變數的圖表標號

　　在「**參照類型**」處選擇剛才我們自訂的標籤「**圖1-**」，然後選擇標籤顯示的方式；如果選擇「**整個標題**」意味著將「圖1-1 Stedman's Medical Dictionary」接在「見」字之後，如果選擇「**僅標題及數字**」時則是將「**圖1-1**」接在「見」字之後。此處可以連續選擇，並不限於插入一種參照資料。例如可以加入「**整個標題**」以及「**頁碼**」。此處我們以插入「**僅標籤及數字**」為例。

圖5-14 選定參照標的

Step 5

回到文件就可以看到這項交互參照已經順利完成，將來不論有任何變動，這些標號之間都將互相連結、自動更新，相當的便利。

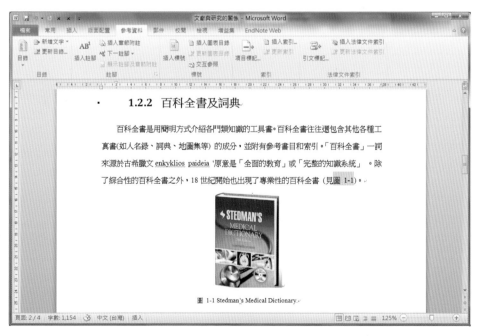

圖5-15 圖表參照設定完成

　　利用圖表參照的另一個優點是可以輕易地製作出圖表目錄。

　　製作圖目錄的步驟如下。先輸入表示圖目錄的標題文字和目錄的範圍，例如：「圖目錄」、「List of Figures」、「第一章」、「Chapter 1」等，然後按下「插入圖表目錄」。

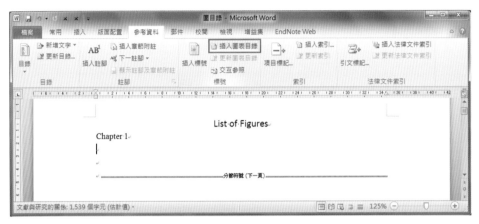

圖5-16　輸入圖目錄文字

　　設定目錄所要顯示的樣式，例如僅顯示圖說文字或是一併顯示頁碼？頁碼要靠右對齊或是接續在圖說文字之後？採用範本格式或正式格式、古典格式？這些設定可以透過「預覽列印」的視窗觀察其變化。接著最重要的是選定目錄的範圍，也就是選定「標題標籤」。

圖5-17 選定圖說文字的標籤

按下確定之後就可以看到圖目錄已經自動形成於文件中。

5-1 參照及目錄

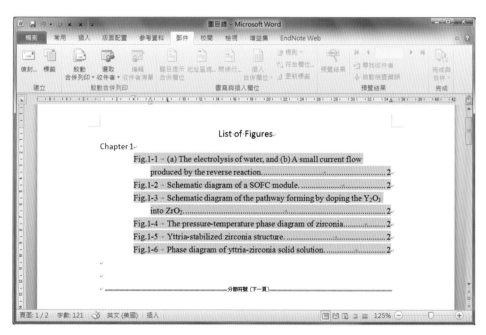

圖5-18 自動形成圖目錄

藉著尺規工具 (見本書 4-2-3 節) 可將目錄調整得更美觀。

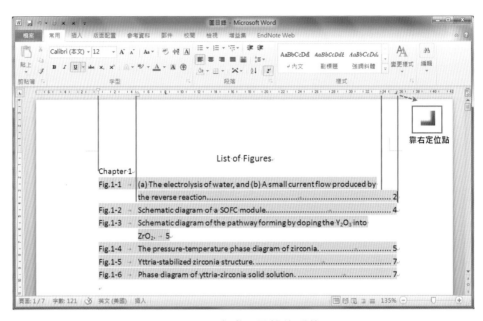

圖5-19　完成圖目錄的調整

5-1-3　方程式交互參照

　　再以方程式交互參照為例，其概念與章節參照及圖表參照相同，即透過「插入標號」的方式讓標號和指示文字（如：見式 1-2）連結。而透過同類型的資料都使用同類型標籤的特性（例如 Fig.、Table），當製作目錄時只要將這些標籤集合在一起即成各式目錄。

Step 1

The displacement functions, $r(t+\Delta t)$ and $r(t-\Delta t)$ can be expressed using the Taylor series:

$$r(t+\Delta t)=r(t)+V(t)\Delta t+\frac{1}{2}a(t)\Delta t^2+\cdots, \qquad (3.15)$$

$$r(t-\Delta t)=r(t)-V(t)\Delta t+\frac{1}{2}a(t)\Delta t^2+\cdots, \qquad (3.16)$$

圖5-20　論文中的方程式

Word 2010 的方程式工具位於「插入」標籤下的「符號」選項中。

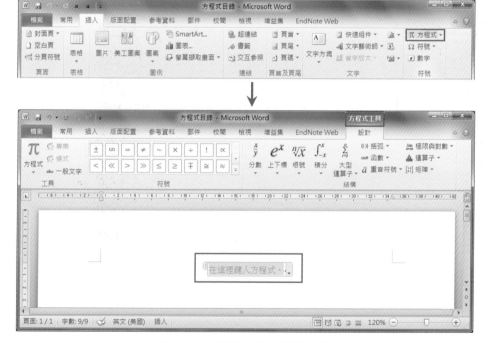

圖5-21　開啟方程式編輯工具

此處我們再度利用 4-2-7 節所介紹的無框線表格讓方程式和標號固定在一定的位置上。按下「插入標號」。

Step 2

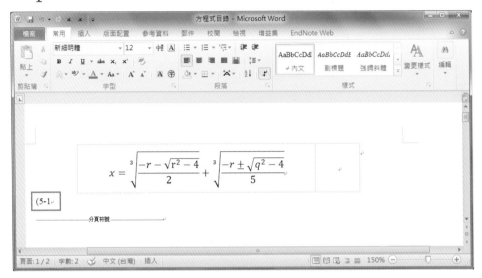

圖5-22　為方程式插入標號

設定該標號的標籤「(5-」。

圖5-23　設定新標籤

　　插入的標號將只有「(5-1」的字樣，流水號 1 的右方需由我們自行補上右括弧。

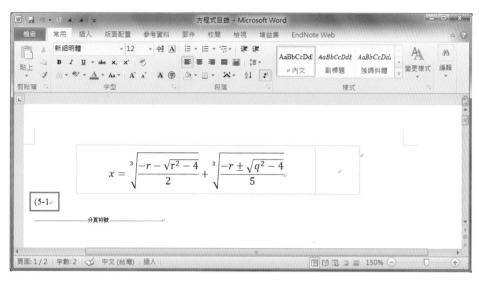

圖5-24　標號會出現在表格外

將標號右方的小括弧「)」補齊之後拖曳到表格中即可。

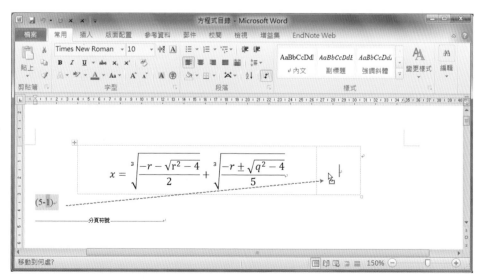

圖5-25　將標號置入表格中

Step 3

若要將標號和文字互相連結，同樣要採用「交互參照」的功能。在要插入參照之處點一下滑鼠定位之後，按下「交互參照」。

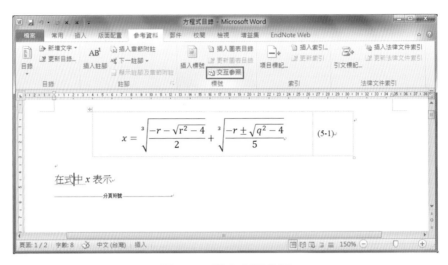

圖5-26　設定交互參照

「參照類型」選擇剛才新增的標籤，並點選要連結的標號。

圖5-27　選擇參照標的

如此，方程式的參照就完成了。

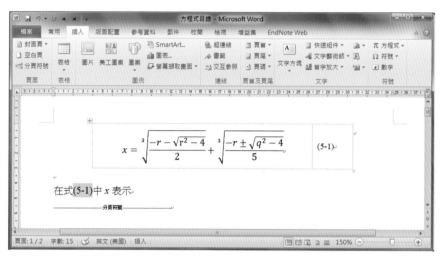

$$x = \sqrt[3]{\dfrac{-r - \sqrt{r^2 - 4}}{2}} + \sqrt[3]{\dfrac{-r \pm \sqrt{q^2 - 4}}{5}} \qquad (5\text{-}1)$$

在式(5-1)中 x 表示

圖5-28 完成方程式參照

至於方程式目錄的製作與圖表目錄相同，也是利用「**插入圖表目錄**」的功能，此處不再贅述。

圖5-29 製作方程式目錄

5-2　引文與註腳

5-2-1　參考文獻

本書已說明利用 RefWorks 書目管理軟體插入引用文獻，但 Word 2010 讓即使沒有書目管理軟體的使用者依然可以輕鬆插入引文，其工具就在工具列「**參考資料**」的「**引文與書目**」功能。

如果工具列沒有這樣工具，請先開啟快速存取工具列的「**其它命令**」。

圖5-30　開啟 Word 選項

在 Word 選項中先點選左方的「**自訂**」，再由「**選擇命令**」選單中挑選「**參考資料　索引標籤**」，再將「**引文與書目**」新增至右方快速存取工具列，按下確定就設定完成。

圖5-31 設定快速存取工具列

回到 Word ，接著就可以看到這項功能已經出現在快速存取工具列。

圖5-32 選定插入引文位置

1. 插入引用文獻

　　首先，在要插入引用文獻之處按下「**插入引文**」，並選擇「**新增來源**」。

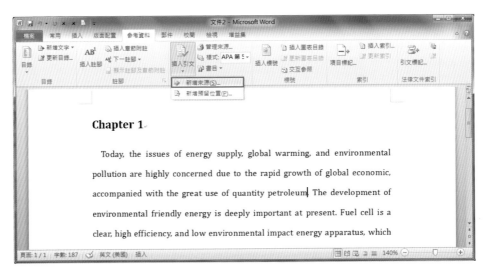

圖5-33　選定插入引文位置

　　接著在「**編輯來源**」的視窗中先選定「**來源類型**」，此處指的是引用資料的類型，例如期刊文章或是圖書、研討會論文集或畫作等，根據資料來源的不同，下方的欄位也會出現變化。至於語言的選項，如果以英文撰寫論文時，建議選用英文，以免引用文獻時出現「**頁**」而非「**p.**」等情況。至於標籤名稱是為了將來管理引文時亦於辨識之用，這個名稱會由 Word 自動形成，可以不予理會。

圖5-34　填入書目資料

按下確定之後資料就自動在文件中形成引用文獻。

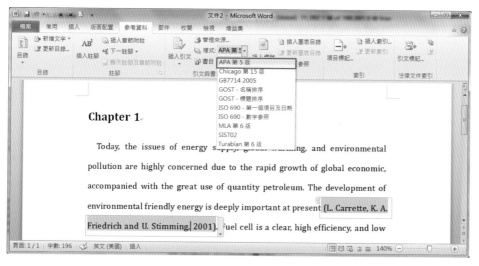

圖5-35　自動形成引用文獻

　　同時這筆書目資料也會儲存在電腦的 C 磁碟機 (預設) 的 Bibliography 資料夾中；表示這筆書目資料只需輸入一次，將來在本篇

文件中要再度引用時只需按下「插入引文」的按鍵，再從清單中挑選所需的書目即可。

圖5-36　檢視現有的引文

若我們要在另一份文件引用這筆資料，則必須事先將這筆資料放置在新文件的清單中，否則將如圖 5-37 所示，看不到任何可用的書目。

圖5-37　新文件的引文選單

要將既有的資料加入新文件的引文清單，首先要按下「管理來源」，進入「來源管理員」的畫面。點選左方主清單中的引文資料，透過「複製」鍵將其複製到「目前的清單」中。

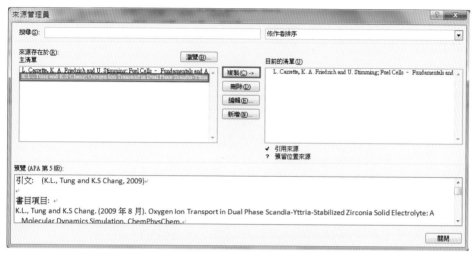

圖5-38 將資料加入目前清單

回到新文件的畫面重新檢視「**插入引文**」的功能，可以看到剛才加入的資料已經出現在清單中。

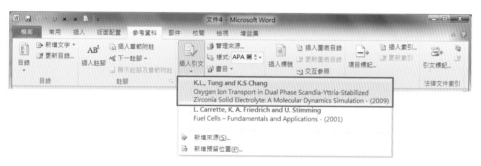

圖5-39 完成引文清單的複製

2. 編輯引用文獻

重新編輯引用文獻也很容易，只要點一下引文，按下右方的▼以開啟功能選單，接著就有數種選項可供選用。

5-2 引文與註腳

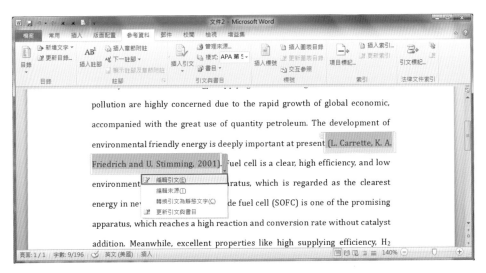

圖5-40　編輯現有的引文

此處的四個選項，分別表示如下：

1. 編輯引文。編輯 (L. Carrette, K. A. Friedrich and U. Stimming, 2001) 的字樣，使出現較多或較少的資訊。例如希望能顯示這篇引文的起始頁，就在頁數欄中填入 5。

environmental friendly energy is deeply important at present (L. Carrette, K. A. Friedrich and U. Stimming, 2001 p. 5). Fuel cell is a clear, high efficiency, and

2. 編輯來源。回到圖 5-34 的畫面重新編輯。

3. 轉換引文為靜態文字。移除引文中的功能變數，變成普通文字。

4. 更新引文與書目。更新帶有功能變數的書目資料。

3. 更改引用格式

正由於引文內含功能變數，因此也可以自由地轉換各種不同的引用格式。假設我們要將原本 APA 的 Author-Date 引用格式更改為數字參照的 Numbered 格式，只要在「樣式」的選單中點選數字參照格式即可。

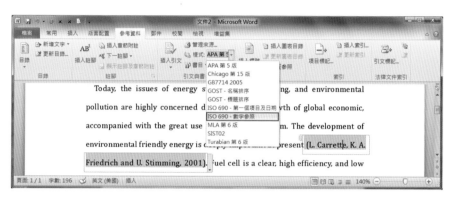

圖5-41　更改文獻引用格式

更改樣式的功能是針對整份文件產生作用，也就是將整份文件的所有引文資料同時更改為新的引用格式。

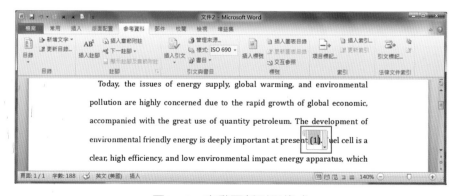

圖5-42　自動更新引用格式

4. 參考文獻列表

　　只需要按下「**書目**」選項，文件中所有的引文都會自動編列成為參考文獻，並出現在滑鼠停留處。

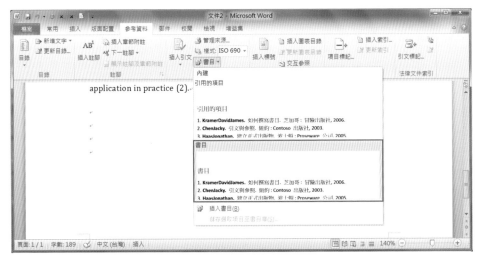

圖5-43　製作參考書目列表

圖5-44　參考文獻列表完成

至於「書目」的字樣可以自行以「參考文獻」、「參考書目」、「References」、「Literature Cited」等等。

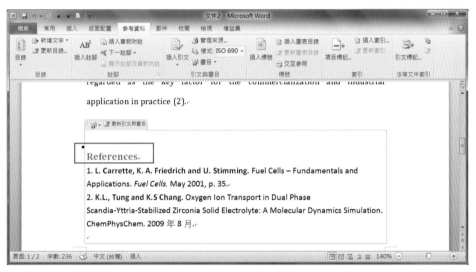

圖5-45　自行變更書目字樣

依照上述功能所建立的參考書目還能夠直接匯入 EndNote Library。以圖 5-46 為例，這份稿件已經利用 Word 內建功能插入數筆資料，現在要將他們匯出至 EndNote。首先，在工具列上按下 Export Word 2010 Citations，然後選擇要匯入的 EndNote Library 就完成了。

圖5-46　將參考書目匯出

這項功能除了單機版的 EndNote 可以使用， EndNote Web 也一樣有這個功能。

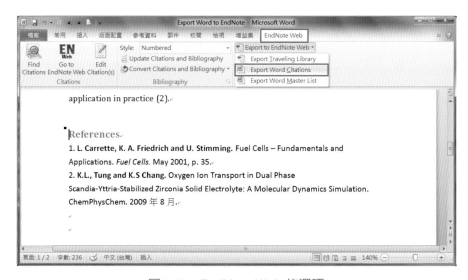

圖5-47　EndNote Web 的選項

5-2-2　註腳與章節附註

　　註腳 (footnote) 和 5-2-1 所介紹的參考文獻 (references) 之差異在於註腳的內容可以比較自由，它可以像參考文獻一樣嚴謹地註明文獻的作者、篇名、刊名、出版年、卷期等資訊，也可以用來說明與本文有關的補充資料，甚至要補充的內容可能與本文不連貫但有必要說明者。

國家，通通屬於國際的範疇，國際不再指涉國家與國家之間的關係，而是指涉本國之外，則凡本國之外都是威脅的可能來源。威脅的性質也逐漸轉變，不完全只限於宗教信仰的問題，儘管信仰的差異依舊左右人們判斷某個外國的敵意。[15]冷戰以降的國際體系被說成是兩極體系，則對於美國與蘇聯兩個超強而言，國際就存在於自己這一極未能控制的區域，包括兩極可以爭奪的地方也是國際，不想成為國際的就必須依附於自己這一極。[16]照 Waltz 的推論，兩極之下的國家屬於什麼宗

---

15 最明顯的例子是 Samuel Huntington, *The Clash of Civilizations and the Remaking of the World* (New York: Simon & Schuster, 1996).
16 故是超強的干預行動在定義什麼叫做主權，見 Cynthia Weber, *Simulating Sovereignty: Intervention, the State and Symbolic Exchange* (Cambridge: Cambridge University Press,

圖5-48　註腳的外觀

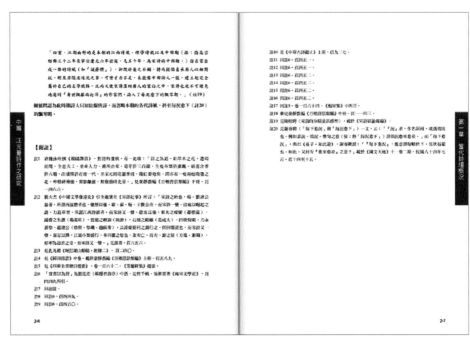

圖5-49　章節附註的外觀

　　至於「**註腳**」與「**章節附註**」的差異在於「**註腳**」出現的位置在每一頁的下方或文字下方，便於一邊閱讀一邊參照，但當說明文字很長時將會被編排至次頁下方繼續。而「**章節附註**」則出現於章節結束或是文件結尾的位置，如果要補充的資料文字較長或與內文較不相關，那麼將它當作章節附註會較為合適。

Step 1

圖5-50　註腳及章節附註功能

5-2　引文與註腳

圖5-51　可挑選標號出現的位置

　　在需要插入註腳處點一下滑鼠定位，接著按下「**插入註腳**」，然後在頁面下方的短橫線下開始輸入註腳文字即可。

Step 2

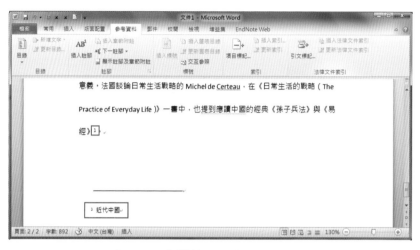

圖5-52　在橫線下方輸入註腳文字

　　註腳內含功能變數，會自動產生編號並排序，列於該頁下緣做為補充資料。

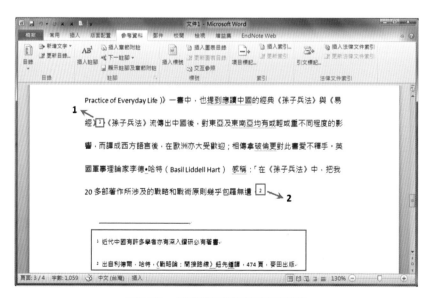

圖5-53　註腳係補充說明之文字

同樣的文字，如果使用「章節附註」的方式插入內文，其說明文字將被置於文件末。

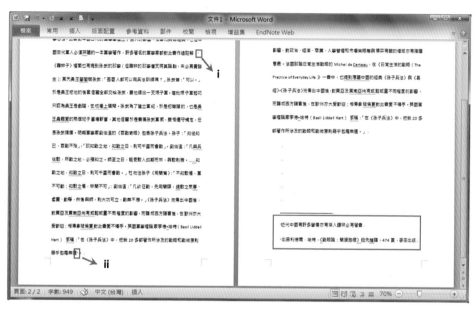

圖5-54　章節附註出現在文件末

「註腳」與「章節附註」可以並存於一份文件當中，但為了避免讀者混淆，Word 2010 自動將註腳以阿拉伯數字 1、2、3... 標示，而章節附註則以小寫的羅馬數字 i、ii、iii... 表示。

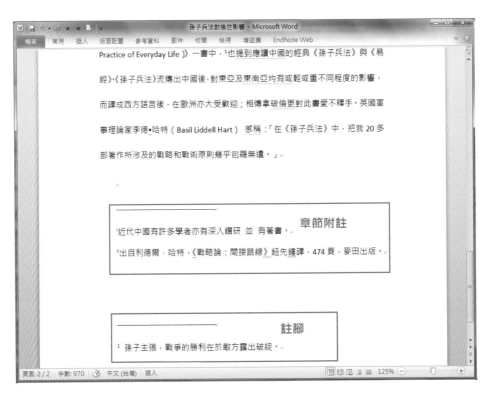

圖5-55　章節附註與註腳並存

　　當然 Word 也允許使用者更改標號方式，按下「註腳」右下方的箭號展開註腳及章節附註的功能，接著在數字格式處挑選需要的格式即可。

圖5-56 挑選數字格式

在撰寫之後若發現採用章節附註的方式比註腳更為合適,或發覺採用註腳的編排比起章節附註更為適合,那麼可以利用 轉換(C)... 鍵將資料進行轉換。

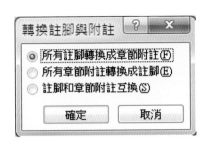

圖5-57　轉換標註類型

　　要刪除註腳或是章節附註，只需刪除內文的參照標記即可，其說明文字將會一併自動刪除。如果我們僅刪除說明文字，那麼在內文中的參照標記將仍留在原處。

5-3　索引及校閱

5-3-1　索引製作

　　長篇學術論文通常會附有索引 (Index)，它集合了文件內各種專有名詞和主題，並給予頁碼，讓讀者可以快速查詢這些名詞所在的位置（如圖 5-58）。要製作索引當然不是從首頁到末頁、一筆一筆地找出專有名詞，記錄在紙上然後再遂字謄寫到空白文件上，而是透過 Word 的索引功能快速地找出文件內所有關鍵字，經過標記之後自動形成附有頁碼的索引。以下將介紹索引的製作步驟。

第五章　參考資料與索引

SUBJECT INDEX

ABCD Hierarchy, 45–6
Abkhazia, 116–8; 119
Abkhaz alphabet, 117
acronyms, 53; 67
All-Union Turcological Conference,
　49; 122–3
alphabet development, 48–51; 81;
　89–90; 98; 191; 206
　in the Caucasus, 114; 117; 118;
　120; 131; 132
　in Central Asia, 137; 141; 142;
　145–8 passim; 150
　in Daghestan, 129
　in Siberia, 160–2; 165; 167; 168–9;
　171–7 passim; 180–3 passim
Altai language development, 181–
Altaic, 9
agglutination, 10; 13; 14; 16; 19
annexation of Baltic states, 94; 95;
　102–3
Arabic, as lingua franca, 127–8

Tatar-Bashkir Republic, 68; 70; 79;
　80
Belarusan, status of, 85–6; 88
Belorussian SSR, 85–8
Bessarabia, 73; 88–90
bilingual instruction, 59–61
bilingualism, 21; 26; 31; 65; 88; 90;
　155–6; 157; 166; 182; 184; 191–4;
　197
Birobidzhan, 74–6 passim
birth rates, 197–8
boarding schools, 165–6
Bogoraz, V. G., 160; 166; 167; 172;
　174
books, 3; 68; see also publishing
Brezhnev, 58–9; 104–5; 193
Buriat language development, 177–9

calques, 52; 96; 147
Castrén, M. A., 170; 172
Catherine the Great, 76

圖5-58　英文索引圖例

Step 1

　　首先，在文中找出重要的關鍵字，例如 aircraft，選取之後按下「索引」工具中的「項目標記」鍵。

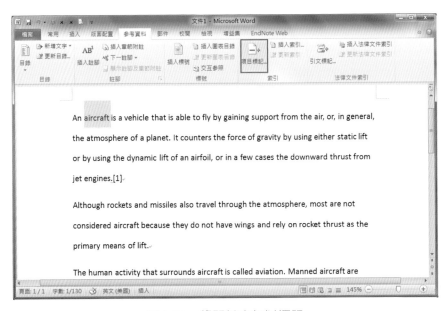

圖5-59　將關鍵字加以標記

Step 2

接著會跳出一個視窗詢問要對此關鍵字進行何種設定，按下「全部標記」表示將文件內所有「**aircraft**」字樣都進行索引標記。

圖5-60　標記文內所有 aircraft

在 aircraft 字樣後方會出現一個大括弧，表示「aircraft」這個名詞已經成功被標記成含有功能變數的詞組。利用同樣的方式將其他重要關鍵字一一標記之後就完成了。

大括弧內的文字在列印時並不會被顯示出來。如果不習慣在畫面中看到這些功能變數，只要按下「常用」工具列上「**段落**」功能的 ⚡ 鍵就可以加以隱藏。

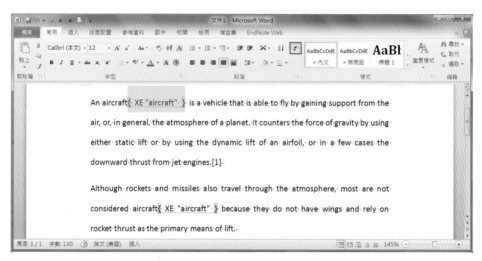

圖5-61　索引標記的功能變數

製作索引時只要按下「**插入索引**」，並設定索引顯示的樣式，就會自動在游標停留處形成索引。

圖5-62　設定索引樣式

索引不但會自動形成，也會依據筆劃或字母順序排列。

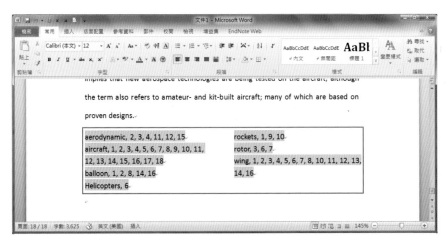

圖5-63　完成索引製作

　　試著改變顯示索引顯示樣式，將索引欄位改成一欄、頁碼靠右對齊，頁碼與關鍵字之間以橫虛線相連，完成之後得到圖 5-65 的外觀。

圖5-64　更改索引樣式設定

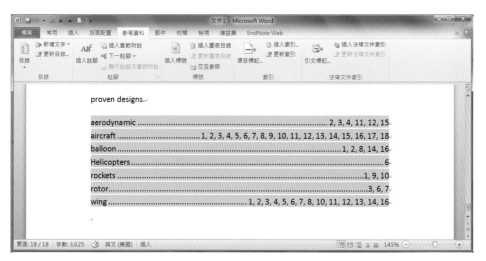

圖5-65　不同的索引樣式

　　要解除被標記的關鍵字，只需刪除正文中的大括弧即可。

　　至於另一個常見的問題是同義字及相近字。例如提到飛機，讀者可能會以 airplane 來尋找索引，但論文中可能不用 airplane，而是用 aircraft 這個字，所以我們必須引導讀者到 aircraft 的頁面。做法是在文件中任一處（例如文件結尾處）按下「**項目標記**」，接著進行下列設定：

圖5-66　進行參閱設定

　　此處的「**參閱**」可以自行更改為「**見**」、「**參見**」、「**See**」等。確定之後按下「**標記**」，接著就可以看到索引中出現了「**airplane** *參閱* **aircraft**」的文字，藉以指引讀者至本文件所採用的名詞處。

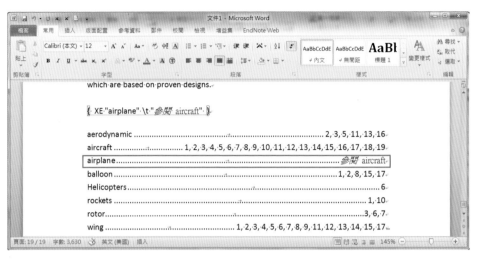

圖5-67　指示讀者參閱其他名詞

　　如果本文同時使用 airplane 及 aircraft 兩個詞，但我們希望查詢 airplane 的讀者也可以參考 airplane 的相關資料時，除了各別標記這兩個詞之外，另外再對 airplane 一詞增加如圖 5-68 的設定。

圖5-68　設定 See Also（又見）索引標記

See also 的意思是指「又見」、「另見」，也就是告訴讀者：除了 airplane 之外，還可以瀏覽 aircraft 方面的資料。

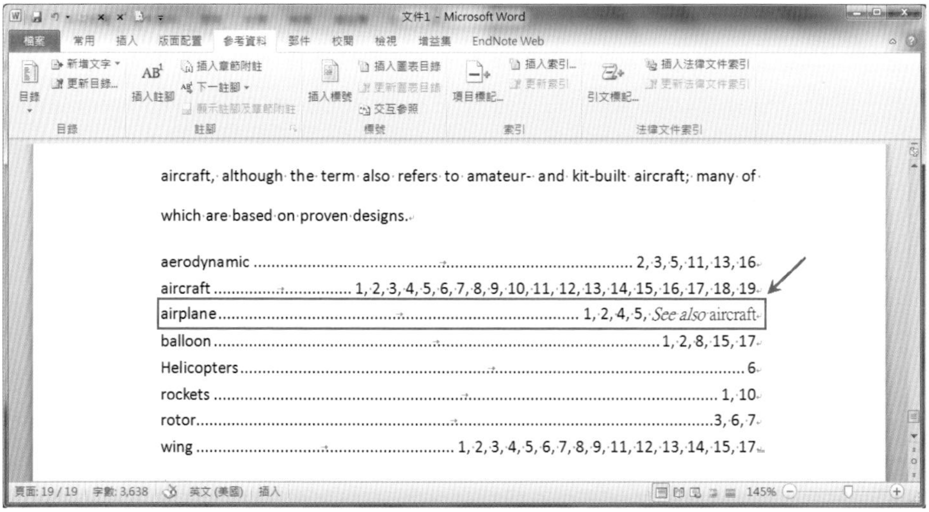

圖5-69　檢視 See also 的設定

5-3-2　追蹤校閱

文件的追蹤校閱可以分成「**撰稿者**」和「**修訂者**」兩方的動作，以學位論文而言，就是研究生和指導教授兩方的動作。通常研究生完成論文初稿之後還需要指導教授幫忙審閱、修訂，指出邏輯、文字或格式的問題，或是需要加強說明之處，然後研究生再依據教授的意見修改論文。這項工作通常不只一次，而是重複數次之後才能完成一篇令人滿意的作品。

(1) 修訂者

假設研究生已經完成一份初稿，現在需要指導教授對這份稿件進行修訂，那麼在修訂之前須先按下「**追蹤修訂**」以開啟功能。開啟此功能時按鍵會變色，再按一次則會關閉功能。

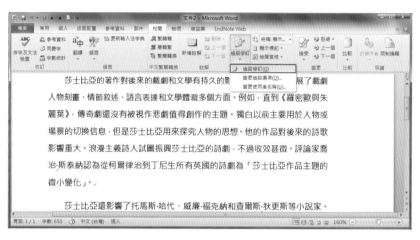

圖5-70　開啟追蹤修訂功能

接著只要用一般方式修改論文，例如增刪某些文字，更動過的文字將會顯示紅色，而變動過的段落左方將會出現直線標示。右方的方框則稱為「**註解方塊**」，說明更動的類型和內容。

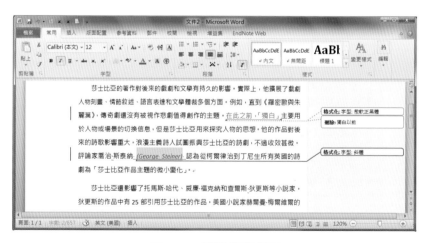

圖5-71　增刪修改文字

　　至於更動哪些項目會顯示在註解方塊中呢？由工具列上的「**顯示標記**」可以看出有五種變動會被列在方塊內。我們可以自行選擇哪些無須顯示，以免顯得雜亂。

圖5-72　註解方塊的類型

　　如果對於某段文字有任何意見，可以在選定該段文字之後按下「**新增註解**」，然後在註解方塊中填入意見。

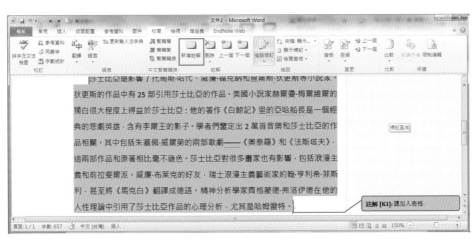

圖5-73　新增註解

　　如果我們不習慣整個版面看起來過大，希望隱藏右方的註解方塊，只要選取「顯示標記」內的「**註解方塊**」，並選擇「**在文字間顯示所有修訂**」。

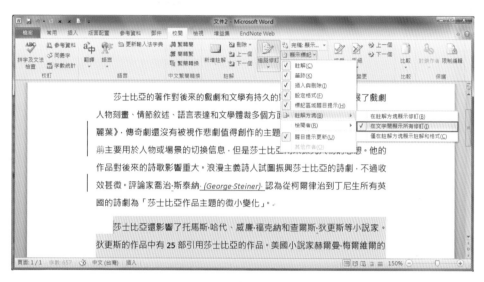

圖5-74　隱藏註解方塊

　　將文章依照上述步驟修改完畢後，直接儲存即可。

(2) 撰稿者

　　開啟經過修訂的稿件時，須先確定追蹤修訂的功能已經關閉，以免 Word 程式將撰稿者本身進行的修改當作修訂者的動作。接著，點選右方的註解方塊，並按下滑鼠右鍵，如果願意接受變更，就按下「**接受格式更改**」、「**接受刪除**」等。

　　更便利的方法是直接按下工具列上的「**接受**」(或拒絕)，一個項目處理完畢之後會自動跳到下一個項目，我們只需重複的按下「**接受**」(或拒絕)即可。

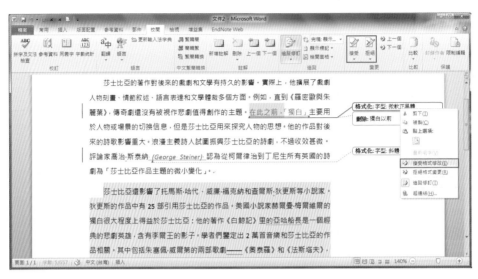

圖5-75　逐項確認修訂註解方塊

　　當所有的註解方塊都確認完畢之後，畫面又會恢復原本的版面大小，此時就算完成修訂工作，並可將文件存檔或再次請審閱者過目。

(3) 合併檔案

　　如果一份稿件同時送給兩人以上審閱，我們可以先合併這些文件，然後再進行修訂工作，避免一再修訂重複的問題。要合併文件，首先開啟一份空白文件，按下「**校閱**」的「**比較**」功能，並選擇「**合併**」，用以合併兩份文件。

圖5-76　開啟文件結合功能

按下 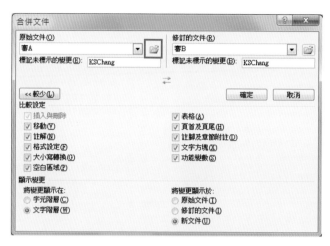 圖示，找出要合併的兩份文件，最後按下確定。

圖5-77 找出要比較的文件

接著就會出現三個視窗的畫面，左方是合併後的新文件，右方則是剛才選擇的兩份文件。合併之後我們可以將右側的視窗關閉，並開始修改合併後的新文件。如果有三份以上的文件要合併，就先合併兩個，再將合併後的新文件與下一個文件進行合併即可。

5-3 索引及校閱

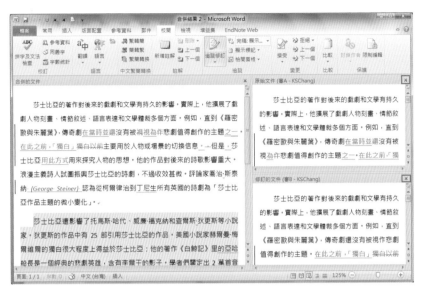

圖5-78　將兩份文件合併

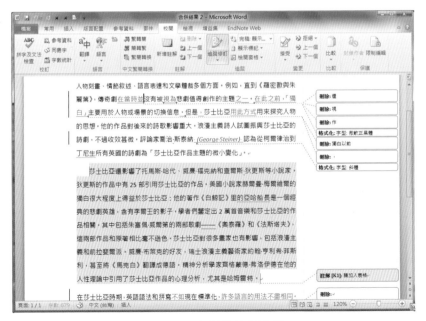

圖5-79　合併後的新文件

附錄

▶ 附錄 A　期刊評鑑工具

附錄 B　匯入書目步驟-RefWorks

　　在這個出版品氾濫的年代，不論是印刷資料或是數位化資料、還是學會網站或是私人部落格等，到處都充滿了資訊，如果沒有經過品質檢驗，我們很難衡量應該花多少時間、甚至值不值得花時間去閱讀吸收。即使將範圍縮小，僅就學術期刊而言，同一領域的學術期刊可能就不下數百種，那麼辛辛苦苦查詢到的大量資料又應該依據何種順序取捨呢？此時就必須借重期刊評鑑資料庫了。

　　最普遍採用的評鑑工具有二，分別是 Journal Citation Reports (JCR) 以及 Essential Science Indicators (ESI) 這兩個資料庫，兩者皆屬於 ISI 公司的 Web of Knowledge 系統。雖說排名方式是量化的統計而非質性統計，但是在沒有其他評量工具的狀況下，參考排名來衡量期刊或作者的表現也不失為一個客觀的做法。

　　被引用次數的多寡是用來評估一篇論文影響力的關鍵， Google 學術搜尋的結果就是依據被引用次數的高低排列，目的在於讓使用者先閱讀被引用次數較多、較有影響力的文章。與前述 JCR 和 ESI 不同， Google 學術搜尋的結果是依我們所輸入的關鍵字而定，尋找到的資料是單篇「論文」，至於 JCR 則是以「期刊」被引用的總數為評鑑基礎，而非單篇論文被引用的數量，而且能夠進入 JCR 排名的期刊，都是進入 SCI (Science Citation Index) 的優質學術期刊，至於 ESI 同樣是精選優良學術期刊加以排名，其中有期刊的排名，也有作者、單篇論文的排名。既然我們身處於研究環境，就應該對於身邊的應用工具有一定的了解，讓自己把時間精力投資於影響力高的資訊上。

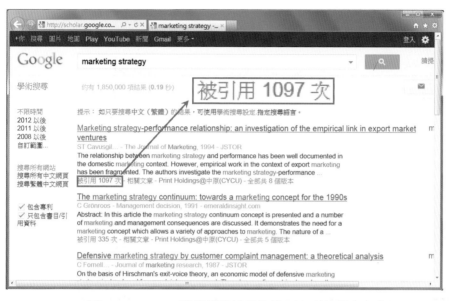

圖A-1 Google 學術搜尋結果依被引用次數排序

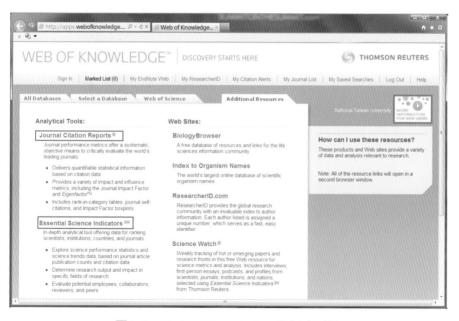

圖A-2 Web of Knowledge 資料庫系統

以下就期刊評鑑的兩個資料庫分別說明其操作方式和意義。

A-1　Essential Science Indicators

　　圖 A-3 是 ESI 資料庫的首頁，可以查詢 8500 種以上經 SCI 和 SSCI 索引的期刊，內容包含期刊論文、評論、會議論文和研究紀錄，並將之分為 22 個學科領域。

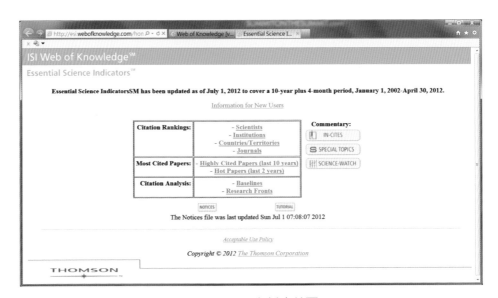

圖A-3　ESI 資料庫首頁

表A-1　ESI 查詢功能一覽表

查詢對象	細　分	說　明
1. Citation Rankings （被引用排名）	Scientists	高引用率的作者
	Institutions	高引用率的機構
	Countries/Terrirtories	高引用率的國家/地區
	Journals	高引用率的期刊
2. Most Cited Papers （熱門論文）	Highly Cited Papers (last 10 years)	過去 10 年被引用最多次的論文
	Hot Papers(last 2 years)	過去 2 年最熱門的論文
3. Citation Analysis （引用分析）	Baselines 　By Averages 　By Percentiles 　By Field Rankings	引用文獻分析
	Research Fronts	研究前線分析 （依照共同引用的關係進行分析）

A-1-1　Citation Ranking 被引用排名

　　透過被引用排名可以了解到哪位學者、哪個機關學校、哪個國家或是哪個期刊最具有學術影響力，經由這項查詢我們可以將研究心力投注於這些對象，例如手邊查到許多資料時，我們可以優先閱讀被引用率較高的作者所撰寫的論文；如果要進行跨國合作也可以優先選擇引用率高的機構或國家，當我們準備投稿期刊論文，當然也可以將引用率高的期刊當作首選，一方面證明研究的深度、一方面增加論文的可見度。

　　被收錄在排名內的對象都是十年內被引用次數具有十分亮眼的表現，其中：

▶作者排名：被引用次數為前 1% 的研究學者

▶機構排名：被引用次數為前 1% 的研究機構

▶國家排名：於十年內被引用次數為前 50% 的 150 個國家

▶期刊排名：於十年內被引用次數為前 50% 的 4500 種期刊

　　以查詢研究機構為例，輸入 Stanford University 以及 Harvard University 後，得到圖 A-4、圖 A-5 的結果，利用兩者相比可以看出兩校的強項以及強度。同樣地，我們也可以比較國與國、作者與作者，以及期刊與期刊的影響強度。

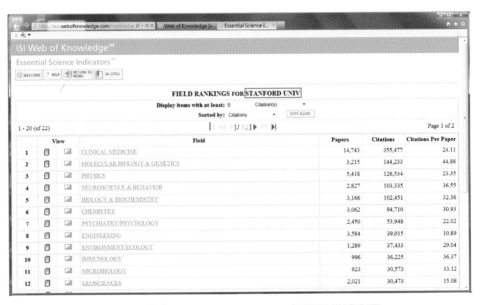

圖A-4　查詢 Stanford University 各學科領域表現

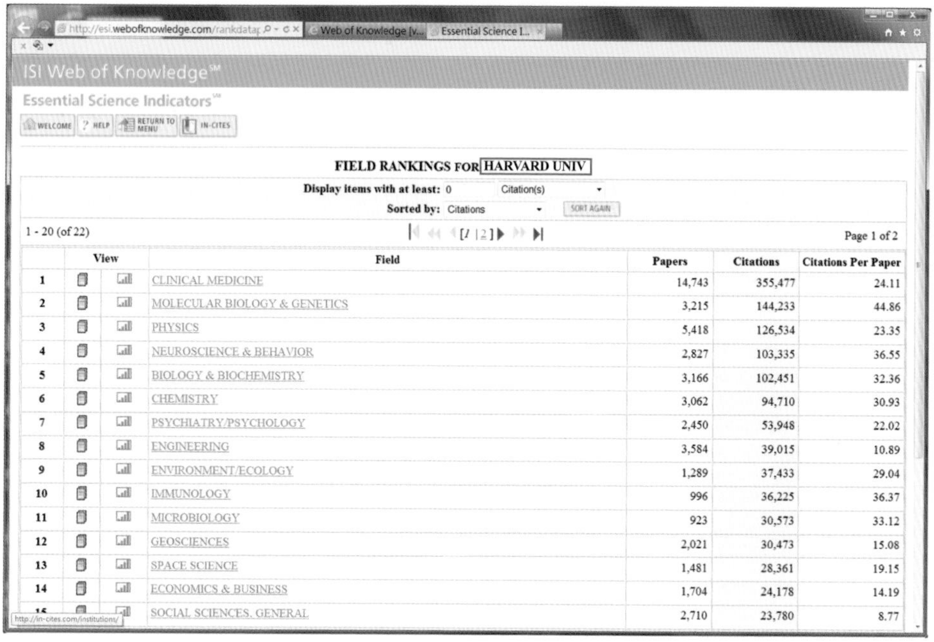
ISI Web of Knowledge℠
Essential Science Indicators℠

FIELD RANKINGS FOR HARVARD UNIV

Display items with at least: 0 Citation(s)
Sorted by: Citations

1 - 20 (of 22)　　　Page 1 of 2

	Field	Papers	Citations	Citations Per Paper
1	CLINICAL MEDICINE	14,743	355,477	24.11
2	MOLECULAR BIOLOGY & GENETICS	3,215	144,233	44.86
3	PHYSICS	5,418	126,534	23.35
4	NEUROSCIENCE & BEHAVIOR	2,827	103,335	36.55
5	BIOLOGY & BIOCHEMISTRY	3,166	102,451	32.36
6	CHEMISTRY	3,062	94,710	30.93
7	PSYCHIATRY/PSYCHOLOGY	2,450	53,948	22.02
8	ENGINEERING	3,584	39,015	10.89
9	ENVIRONMENT/ECOLOGY	1,289	37,433	29.04
10	IMMUNOLOGY	996	36,225	36.37
11	MICROBIOLOGY	923	30,573	33.12
12	GEOSCIENCES	2,021	30,473	15.08
13	SPACE SCIENCE	1,481	28,361	19.15
14	ECONOMICS & BUSINESS	1,704	24,178	14.19
15	SOCIAL SCIENCES, GENERAL	2,710	23,780	8.77

圖A-5　查詢 Harvard University 各學科領域表現

ESI 收錄的每種期刊都只歸類於一個學科領域，至於跨學科的期刊則被分類於 Multidisciplinary 當中（此分類方式與下一節要介紹的 JCR 並不相同）。不過這些跨領域期刊所刊登的單篇論文被引用時，將會受引用它的期刊的領域，而影響系統將其自動分類的結果。見圖 A-6，我們以 Nature 期刊為例可以發現，它所收錄的論文大致跨越了 19 個領域，其中 MOLECULAR BIOLOGY & GENETICS 領域最多。藉此，我們也可以了解到本期刊較偏重的研究方向等。

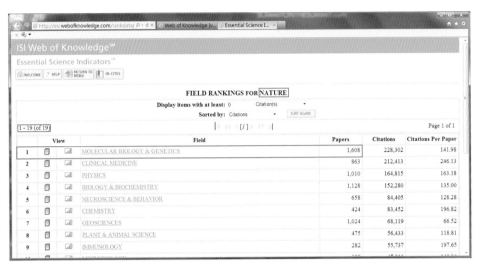

圖A-6　跨領域期刊將細分單篇論文類別

A-1-2　Most Cited Papers

　　點選此一選項可查詢過去十年以及過去兩年被引用最多次的論文。過去十年被引用最多的論文可說是該領域的重要著作,至於過去兩年被引用最多次則表示這個論文的研究方向近來相當的熱門,同時也可能發展成一個重要的趨勢。其中:

▶ Highly Cited Paper:過去十年內,在各領域當中被引用次數前 1% 的論文

▶ Hot Papers:過去兩年被引用次數為各領域前 0.1% 的論文

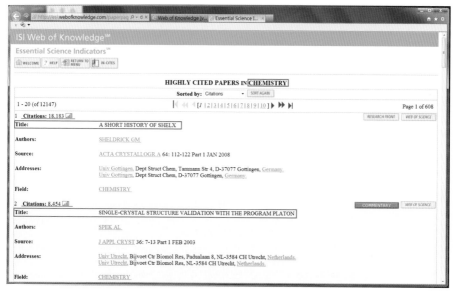

圖A-7　Chemistry 領域中被引用率最高的論文

A-1-3　Citation Analysis

　　利用引用分析可以對照出我們自身或是所在領域的研究強度、判斷趨勢、了解各領域間的差異等。

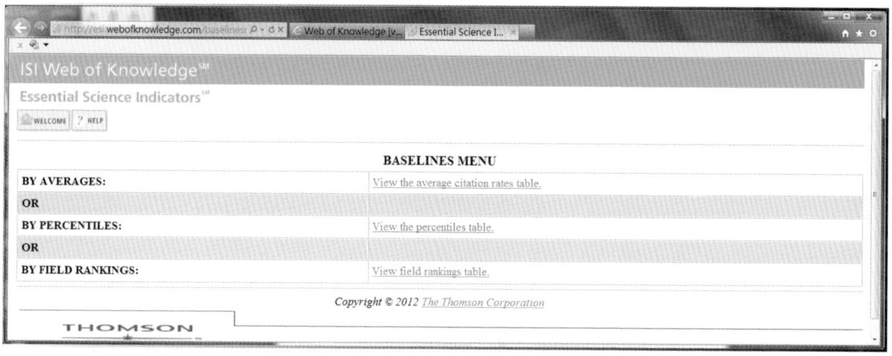

圖A-8　引用率基礎分析

表A-2　ESI Baselines 功能一覽表

引用文獻分析 Baselines menu	說　明
By Averages	View the average citation rates table 檢視各領域平均被引用率
By Percentiles	View the percentiles table 檢視登上各領域名次百分比所需之被引用數
By Field Rankings	View field rankings table 檢視學科領域排名

a. Baselines 引用文獻分析

　　以圖 A-9 為例，紅框內的數字「8.98」表示在 2002 年工程領域所發表的論文平均每篇被引用 8.98 次。依照這個數據，我們可以檢視自己所發表的論文是否達到這個水準？如果答案為否，那麼，是研究方向不夠熱門？或是曝光率不夠？所投稿的期刊知名度不高？論文題目或關鍵字選用的是否正確？以上都是可以檢討的方向。

附錄 A　期刊評鑑工具

Average Citation Rates
for papers published by field, 2002 - 2012
(How to read this data)

Fields	2002	2003	2004	2005	2006	2007	2008	2009	2010	2011	2012	All Years
All Fields	20.47	18.96	17.67	15.61	13.20	11.27	8.40	6.04	3.43	1.05	0.13	10.33
Agricultural Sciences	15.00	14.41	13.46	11.57	10.20	8.17	5.60	3.88	2.06	0.58	0.08	7.01
Biology & Biochemistry	31.17	28.93	26.36	22.58	18.89	16.09	12.38	8.75	4.82	1.47	0.16	16.11
Chemistry	20.25	18.86	18.05	16.49	14.12	12.21	9.89	7.46	4.39	1.41	0.12	11.23
Clinical Medicine	24.37	23.12	21.64	19.42	16.33	13.71	9.95	6.95	4.00	1.13	0.15	12.38
Computer Science	9.24	6.41	4.88	4.58	3.57	5.15	4.01	2.73	1.49	0.38	0.04	3.90
Economics & Business	14.91	13.63	12.60	10.61	8.63	6.99	4.58	2.93	1.52	0.48	0.09	6.25
Fields	2002	2003	2004	2005	2006	2007	2008	2009	2010	2011	2012	All Years
Engineering	8.98	8.53	8.35	7.34	6.38	5.87	4.30	3.31	1.77	0.53	0.07	4.85
Environment/Ecology	23.21	21.73	20.01	17.30	14.70	12.48	9.12	6.26	3.34	1.02	0.16	11.03
Geosciences	18.69	17.64	16.11	14.16	12.93	9.60	7.52	5.53	3.08	1.08	0.20	9.37
Immunology	37.46	34.75	33.22	29.14	24.66	21.31	16.42	11.79	6.31	1.89	0.17	20.32
Materials Science	12.52	12.94	11.82	10.71	9.58	8.47	6.72	5.16	3.11	0.99	0.10	7.33
Mathematics	7.12	6.53	5.99	5.43	4.65	3.79	2.95	2.08	1.11	0.36	0.07	3.42
Microbiology	29.46	27.56	25.87	23.80	19.05	11.82	8.21	4.67	1.37	0.12		14.70
Fields	2002	2003	2004	2005	2006	2007	2008	2009	2010	2011	2012	All Years
Molecular Biology & Genetics	48.12	43.59	39.83	34.11	29.00	24.04	18.31	12.97	7.13	2.16	0.22	23.14
Multidisciplinary	8.13	6.95	5.81	11.68	12.45	10.99	8.99	6.48	5.14	1.76	0.32	7.17
Neuroscience & Behavior	36.23	32.53	30.22	26.96	22.79	18.79	14.02	9.76	5.31	1.59	0.19	18.23
Pharmacology & Toxicology	24.16	21.55	21.32	17.80	16.52	13.56	10.35	6.99	3.69	1.09	0.13	11.80
Physics	14.93	14.01	13.57	12.21	10.54	8.09	6.34	5.51	3.42	1.18	0.13	8.33
Plant & Animal Science	15.28	14.12	13.17	11.22	9.54	7.81	5.75	3.99	2.21	0.68	0.10	7.52
Psychiatry/Psychology	22.82	22.36	20.17	17.11	14.52	11.62	8.44	5.45	2.78	0.85	0.16	10.93
Fields	2002	2003	2004	2005	2006	2007	2008	2009	2010	2011	2012	All Years
Social Sciences, general	10.10	9.51	0.22	8.28	6.88	5.57	3.86	2.57	0.12	0.11		4.61

圖A-9　單篇論文平均被引用率

　　若是檢視 By Percentiles 這項功能，可以看到圖 A-10 的列表。以 Agriculture sciences 的數字 2 為例，它代表的是：要在 2012 年擠進熱門論文前 1% 者，必須至少被引用 2 次；同理，要在 2012 年擠進熱門論文前 0.01% 者必須至少被引用 11 次。

圖A-10　登上各領域名次百分比所需之被引用數

　　利用 Field Rankings 來查詢每個學科領域的平均單篇論文被引用次數，藉以了解每個學科的生態。

圖A-11　論文被引用率排名──以領域分

b. Research Fronts 研究趨勢分析

　　研究趨勢是比對五年內各領域論文的參考文獻和註腳，如果發生共同引用時就會出現一個集合，這個集合就是所謂的 fronts，也就是目前最熱門、受到重視的研究焦點。同樣地，要進行查詢，只要在空格內輸入研究主題，例如 membrane（膜），接著就會出現圖 A-12 的結果。

　　在 Fronts 欄內可以看到許多詞組，這些詞組也視為近年 membrane 研究的重點方向。

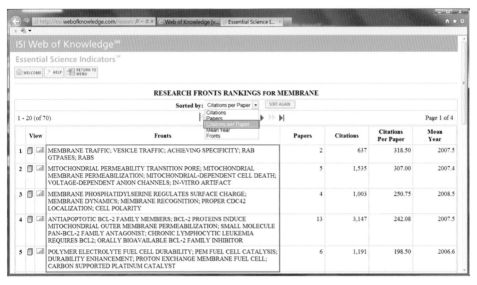

圖A-12　透過共同引用比對找出研究趨勢

　　以第一項為例，五年內與這些研究趨勢有關的焦點論文有兩篇，一共被引用了 637 次，平均每篇被引用 318.5 次，

	View	Fronts	Papers	Citations	Citations Per Paper	Mean Year
1		MEMBRANE TRAFFIC; VESICLE TRAFFIC; ACHIEVING SPECIFICITY; RAB GTPASES; RABS	2	637	318.50	2007.5

　　按下 會出現這兩篇論文的書目資料，按下 WEB OF SCIENCE 連結到 Web of Science 的 SCI、SSCI 資料庫，如果圖書館訂閱了該期刊，那麼就可以按下 Full Text 以閱讀全文並且利用 Save to: ENDNOTE WEB ENDNOTE ResearcherID more options 將資料匯入文獻管理軟體中。

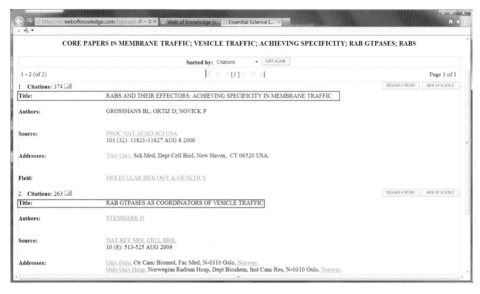

圖A-13　查閱論文的基本資料

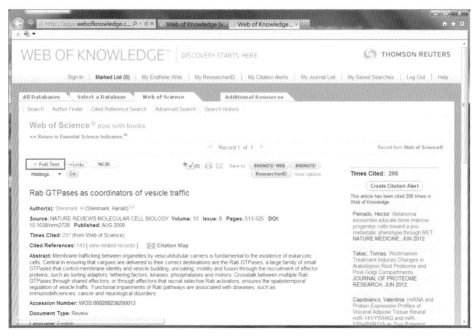

圖A-14　SCI 資料庫可連結全文

A-2 Journal Citation Report

Journal citation Report (JCR) 是最普遍被應用的工具，在台灣只要提到期刊排名幾乎就是指 JCR 的排名。與 ESI 不同的是 JCR 只統計「**期刊**」的被引用次數，如果要查詢「**單篇論文**」或是「**個人**」的學術表現就非利用 ESI 不可。此外，JCR 的期刊可以跨領域，而 ESI 則否，以下將簡單說明如何利用 JCR 查詢期刊排名。

A-2-1 查詢影響係數及排名

進入 JCR 的首頁，先選擇要查詢的年度，我們以 2011 年為例，接著選擇右方的查詢標的：Subject Category（學科領域）、Publisher（出版者）或是 Country/Territory（國家／地區），由於我們要查詢的是某期刊在某個領域中的表現，因此選擇 Subject Category。

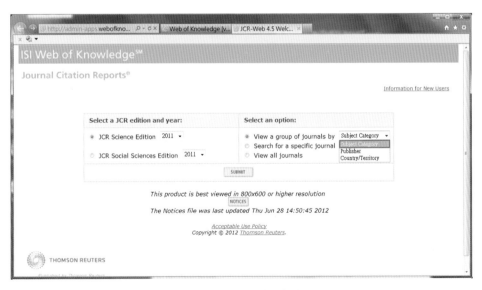

圖A-15　JCR 資料庫首頁

　　接著，選定學科領域。由圖 A-16 可以發現 JCR 對於領域分類相當仔細，僅僅工程領域下就劃分出許多子類。負責國內科學發展及經費補助的國科會對於評鑑論文優劣的標準，就是採用 JCR 資料庫的數據，並以 Impact Factor 高低為依據。因此，選定領域後再選擇讓資料依據 Impact Factor 排列。

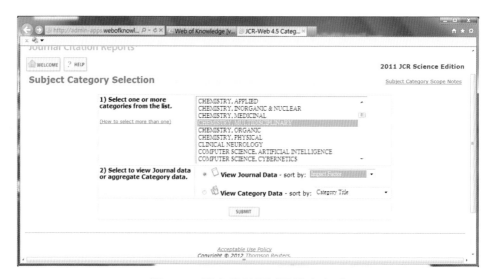

圖A-16　選定學科領域及排序方式

表A-3　排序方式一覽

選　項	說　明
Journal Title	依期刊名稱
Total Cites	依總引用數
Impact Factor	依影響係數
Immediacy Index	依立即指數
Current Articles	依論文數量
Cited Half-Life	依引用半生期
5-Year Impact Factor	依 5 年影響係數
Eigenfactor Score	依特徵係數值
Article Influence score	依論文影響值

　　所謂 **Impact Factor**（影響係數）是指每個期刊在第一、第二年登載的論文，在第三年被引用的比率。以 2011 年度的期刊為例：

$$2011\ 年某期刊的影響係數 = \frac{在\ 2011\ 年被引用的次數}{2009 + 2010\ 年登載論文的總數}$$

　　被引用次數愈多，該期刊的影響係數就越高，將同領域的每個期刊依照影響係數排序就是所謂的期刊排行了。

　　設定完成之後，按下「**Submit**」就會出現如圖 A-17 的結果。

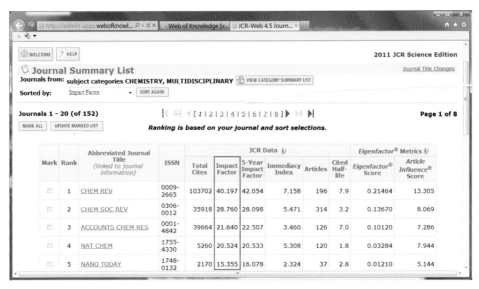

圖A-17　依據影響係數排序的結果

圖A-18　JCR 資料解讀

　　以此領域排行第六的期刊 ADVANCED MATERIALS 為例，若以百分比計算，該期刊在該領域的排名則是：

$$\frac{6}{152} \times 100\% = 3.94\% \fallingdotseq 4\%$$

也就是影響力在該領域是 Top 4 的期刊。

附錄A　期刊評鑑工具

A-2-2　解讀其它指數

Immediacy Index（立即指數）是指：論文發表當年就被引用的比例。以 2012 年為例，這個指數的計算方式為：：

$$某期刊的立即指數 = \frac{2012\ 年就被引用的次數}{2012\ 年度刊載的論文數}$$

由於當年度發表的論文立刻在當年度被引用，可見該論文具有相當高的可見度，很有可能是目前相當熱門的研究話題或是新興的領域。

而 **Eigenfactor Score**（特徵係數值）是以過去 5 年被引用的次數做為依據，排除自我引用 (self-citation) 之後的結果，同樣地數值愈高表示影響力愈大。同時 SCI 以及 SSCI 期刊論文的引用都列入計算，如果引用它的期刊是影響係數高的期刊，這個引用值還會被加權計算。

至於 **Article Influence Score**（論文影響值）則是以計算該期刊每一篇論文的「平均影響力」，計算方式為

$$某期刊的論文影響值 = \frac{\text{Eigenfactor Score}}{該年度刊載的論文數}$$

如果得到的結果大於 1，表示這個期刊的論文影響值高於平均表現，反之則表示本期刊的表現低於平均影響值。

有些期刊的性質是跨領域的，例如圖 A-18 中排名第六的期刊：ADVANCED MATERIALS 就跨了六個學科領域；雖然本期刊在「CHEMISTRY, MULTIDISCIPLINARY」類別中的排名為六，但是在其他類別的排名卻可能更高或更低，也就是說它在每個領域的影響力各有不同，透過查詢 JCR 就可了解到該期刊的強項。

圖A-19　跨領域的期刊

　　要查閱本期刊在 CHEMISTRY, PHYSICAL 領域的排名狀況，只要回到圖 A-16 重新設定，就可以得知：在 2011 年中，這個領域共收錄 134 種期刊，本期刊排名第三，是本領域 Top 1 的期刊。

　　以上為 ESI 與 JCR 兩個期刊評比資料庫的介紹及操作方式，使用者可依照個人需求加以運用，以達到節省時間、事半功倍之目標。

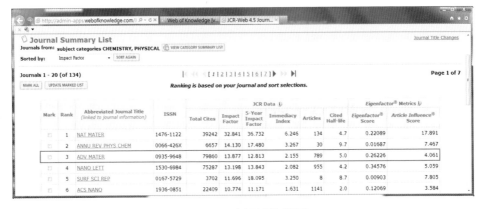

圖A-20　跨領域的期刊

附錄

附錄 A　期刊評鑑工具

▶ 附錄 B　匯入書目步驟-RefWorks

出版者	資料庫名稱	匯入方式	下載步驟
Association for Computing Machinery (ACM)	ACM 期刊全文資料庫（資訊電腦領域）	貼上文字 / 另存檔案	見本書 1-5-2

出版者	資料庫名稱	匯入方式	下載步驟
American Chemical Society (ACS)	ACS 期刊全文資料庫（化學領域）	另存檔案	1. Download Citation 2. Format: RIS – For EndNote, ProCite, RefWorks, and most other reference m / BibTeX – For JabRef, BibDesk, and other BibTeX-specific software 3. Include: Citation for the content below / Citation and references for the content below / Citation and abstract for the content below / Download Citation(s) 4. 匯入轉換器/資料來源 RIS Format / 資料庫 RIS Format

出版者	資料庫名稱	匯入方式	下載步驟
American Institute of Physics (AIP)	Scitation 科技資料索摘 / 全文資料庫	另存檔案	1. RefWorks / BibTeX / EndNote ® (generic) / EndNote ® (RIS) / Medline / Plain Text / RefWorks 2. 匯入轉換器/資料來源 BibTeX / 資料庫 多個資料庫

出版者	資料庫名稱	匯入方式	下載步驟
American Mathematical Society (AMS)	MathSciNet 數學文獻資料庫	存成文字檔再匯入	1. Reviews (HTML) Retrieve Marked / Reviews (HTML) / Reviews (PDF) / Reviews (DVI) / Reviews (PostScript) / Citations (ASCII) / Citations (BibTeX) / Citations (AMSRefs) / Citations (EndNote) 2. 匯入轉換器/資料來源 RIS Format / 資料庫 多個資料庫

出版者	資料庫名稱	匯入方式	下載步驟
Annual Reviews Journals Online	Annual Reviews	直接匯入	1. For ☑ reviews　Download Citation ▾ 2.

出版者	資料庫名稱	匯入方式	下載步驟
ASCE (American Society of Civil Engineers)	ASCE 美國土木工程資料庫	另存檔案	同 Scitation (AIP)

出版者	資料庫名稱	匯入方式	下載步驟
ASME (American Society of Mechanical Engineers)	ASME Digital Library 美國機械工程資料庫	另存檔案	同 Scitation (AIP)

出版者	資料庫名稱	匯入方式	下載步驟
CSA (Cambridge Scientific Abstracts)	Illumina 科技文獻索引摘要檢索系統，包括： ▶ Aerospace & High Technology Database ▶ AGRICOLA ▶ Biological Sciences Database ▶ Computer Information Database …共 15 個資料庫	存成文字檔再匯入	1. Save, Print, Email 2. Export to ◉ RefWorks

出版者	資料庫名稱	匯入方式	下載步驟
EBSCO 系統	EBSCOHost Web 例如： ▶Academic Search Premier ▶Newspaper Source ▶ERIC ▶Wilson Databases ... 等	直接匯入	1.　見本書 1-3-2

出版者	資料庫名稱	匯入方式	下載步驟
Elsevier	SciVerse資料庫平台 ▶Science Direct (SDOL) 電子期刊全文資料庫 Scopus ▶索引摘要及引用文獻資料庫	直接匯入	1.　📑 Export citation 2.　Content format: ○ Citations Only ● Citations and Abstracts Export format: ○ RIS format (for Reference Manager, ProCite, EndNote) ● RefWorks Direct Export ? About Refworks ○ Plain text format ○ BibTeX format Export | Cancel
	SDOS 電子期刊全文資料庫	直接匯入	見1-5-1。
	EJOS (SDOS 新檢索介面)	直接匯入	1.　勾選需要匯入的資料 2.　📄 export citations 3.　Export: Citations + Abstracts ▾ 4.　File Format: RIS format (for Reference Manager, ProCite, EndNote) ▾ 5.　Download

出版者	資料庫名稱	匯入方式	下載步驟
Engineering Information Inc.	Ei Engineering Village 2 例如： ▶Compendex ▶Referex ▶CRC ENGnetBASE… 等	直接匯入	1.　Choose format: ○ Citation ○ Abstract ● Detailed record 2.　Download 3.　○ RIS, EndNote, ProCite, Reference Manager ○ BibTex format ● RefWorks direct import ○ Plain text format (ASCII) Download 4.　開啟(O) ▾

出版者	資料庫名稱	匯入方式	下載步驟
Google	Google Scholar	直接匯入	見 1-6 說明。

出版者	資料庫名稱	匯入方式	下載步驟
Institute of Physics and IOP Publishing Limited	IOP Electronic Journals 英國皇家物理學會電子期刊	直接匯入	1. Export Results 2. Choose export format RefWorks (Direct Export) ▼ Export Results BibTeX format (bib) Comma separated (CSV) Endnote format (TXT) RIS format (RIS) Text format (TXT) RefWorks (Direct Export)

出版者	資料庫名稱	導入方式	下載步驟
JSTOR	JSTOR 電子期刊全文資料庫（人文社會領域）	直接匯入	1. Export Citation 2. Select a format: ■ RIS file (EndNote, ProCite, Reference Manager) ■ Text file (BibTex) Opens in a new window. Select ■ Printer-friendly ■ RefWorks 3. 匯入轉換器/資料來源　RIS Format ▼ 　　　　資料庫　多個資料庫 ▼

出版者	資料庫名稱	匯入方式	下載步驟
Ingenta	IngentaConnect 收錄 13,530 種學術期刊 綜合領域	存成文字檔再匯入	1. Tools Email - Export options plain text EndNote BibTeX 2. 匯入轉換器/資料來源　RIS Format ▼ 　　　　資料庫　多個資料庫 ▼

出版者	資料庫名稱	匯入方式	下載步驟
U.S. National Library of Medicine	PubMed 醫學文獻索引摘要資料庫	存成文字檔再匯入	1. **Send to:** ☑ **Choose Destination** ◉ File ○ Clipboard ○ Collections ○ E-mail ○ Order ○ My Bibliography ○ Citation manager Download 2 items. Format MEDLINE ▾ Sort by Journal ▾ [Create File]
			2. 儲存(S) ▾
			3. 匯入轉換器/資料來源　NLM PubMed ▾ 資料庫　PubMed ▾

出版者	資料庫名稱	匯入方式	下載步驟
OCLC FirstSearch 系統	▶FirstSearch – Article First ECO Paper First Proceedings First ▶WorldCat	直接匯入	（若無法匯入，請改用英文介面）
			1. Export 或 輸出
			2. ◉ RefWorks
			3. 輸出

出版者	資料庫名稱	匯入方式	下載步驟
Optical Society of America 美國光學學會	OpticsInfoBase （光學、物理學領域）	直接匯入	1. 勾選所需書目
			2. ─ BibTeX ▾ [Go] Select an action... Save this Search ─────────── Export Citation in: ► BibTeX ► EndNote (RIS) ► HTML (.html) ► Plain Text ─────────── Save to: ► Personal Library
			3. 匯入轉換器/資料來源　BibTeX ▾ 資料庫　ACM Digital Library (BibTeX for ▾

出版者	資料庫名稱	匯入方式	下載步驟
OVID	例如： ▶OvidSP ▶Biological Abstracts ▶BIOSIS Previews ▶Books ▶Econlit ▶Medline ▶PsycINFO...等。	直接匯入	1. 輸出 2.  3. 輸出書目

出版者	資料庫名稱	匯入方式	下載步驟
Oxford University Press (OUP) 牛津大學出版社	Oxford Journals Online 電子期刊全文資料庫	直接匯入	1. ⦿ download to citation manager 2. ☑ For checked items below: [Go] 3. Download ALL Selected Citations to Citation Manager 4. ● **RefWorks** Click here to download and save the file - RefWorks format (Mac & Win)

出版者	資料庫名稱	匯入方式	下載步驟
ProQuest 系統	例如： ▶Ａ Ｂ Ｉ ／ Ｉ Ｎ Ｆ Ｏ Ｒ Ｍ Archive ▶Accounting & Tax ▶Reference…等 ▶PQDT – (ProQuest Dissertations & Theses	直接匯入	1. 儲存至 [我的檢索]　電子郵件　列印　引用　匯出/儲存 儲存為檔案： PDF RTF HTML 儲限文字 (不含影像或文字格式設定) 匯出至： RefWorks ProCite, EndNote, or Reference Manager RIS

出版者	資料庫名稱	匯入方式	下載步驟
Science	Science Online 例如： ▶Science Magazine ▶Science	直接匯入	1. › Download Citation 2. › RefWorks › Click here to download and save the file - RefWorks format (Mac & Win)

出版者	資料庫名稱	匯入方式	下載步驟
SpringerLink	SpringerLink 電子期刊資料庫	直接匯入	1. EXPORT CITATION 2. Export Citation Export ◯ Citation Only ◉ Citation and Abstract Select Citation Manager: RefWorks ▾ EXPORT CITATION 3. 儲存(S) ▾ 4. 匯入轉換器/資料來源　BibTeX ▾ 資料庫　多個資料庫 ▾

出版者	資料庫名稱	匯入方式	下載步驟
Web of Knowledge 系統	▶Web of Science – SCI、SSCI、JCR ▶Current Contents Connect	存成文字檔 再匯入	1. 至畫面最下方 Save to BibTeX ▾ Save to other Reference Software Save to BibTeX Save to HTML Save to Plain Text Save to Tab-delimited (Win) Save to Tab-delimited (Mac) 2. Save 3. 匯入轉換器/資料來源　BibTeX ▾ 資料庫　多個資料庫 ▾

出版者	資料庫名稱	匯入方式	下載步驟		
Wiley	Wiley Inter Science 電子期刊全文資料庫	直接匯入	1.	Export Citation	
			2.	Format: RefWorks ▼ *This option will open up a new window.* Export type Citation & Abstra ▼ Submit	

出版者	資料庫名稱	匯入方式	下載步驟	
万方資料集團公司	万方資料庫	直接匯入（若由資料庫系統進入看不到「導出」鏈結，則可由Google輸入「萬方」後進入查詢系統）	1.	點選篇名
			2.	導出
			3.	導出到Refworks

出版者	資料庫名稱	匯入方式	下載步驟	
万方資料集團公司	万方資料庫	另存文件再匯入	1.	點選篇名
			2.	導出
			3.	RefWorks
			4.	導出到Refworks

出版者	資料庫名稱	匯入方式	下載步驟	
國家圖書館	台灣期刊論文索引系統	另存文件再匯入	1.	軟體工具下載
			2.	匯出格式：○TXT格式 ○CSV格式 ○ENDNOTE ●REFWORKS
			3.	開始匯出（最多50筆）
			4.	匯入轉換器/資料來源 Taiwan - 臺灣期刊論文索引系統 ▼ 資料庫 臺灣期刊論文索引資料庫 (RefV ▼

出版者	資料庫名稱	匯入方式	下載步驟
中國學術期刊電子雜志社	中國期刊全文數據庫	存成文字檔再匯入	1. 儲 存
			2. ◉ RefWork
			3. 輸出到本地檔
			4. 匯入轉換器/資料來源 Taiwan-中國期刊網(CNKI) ▾ 資料庫 中國知識資源總庫 (RefWorks 1 ▾

出版者	資料庫名稱	匯入方式	下載步驟
華藝數位股份有限公司	Airti Library 華藝線上圖書館	直接匯入	1. 匯出書目 ◉ 所有欄位
			2. 匯出格式 輸出至Refworks
			3. 開啟(O) ▾

理工熱賣推薦
研究與方法 閱讀科普 精選書目

MATLAB通訊工程模擬

作　者	張德豐 著、韓端勇 校訂
ISBN	978-957-11-6710-7
書　號	5DE9
出版日期	2012/07/10 (1版1刷)
頁　數	600
定　價	620

本書簡介

　　本書以實際工程為背景，通過專業技術與大量範例相結合的形式，詳細地介紹MATLAB/Simulink通訊系統建模與模擬設計的方法和技巧。本書以MATLAB的基礎為入門，先介紹MATLAB的強大功能，然後進一步讓讀者對通訊系統有一個基本概念，從系統建模原理和模擬的數值計算方法入手，以圖文巧妙且緊密的結合，讓讀者可對通訊系統從量到質的認識。

校訂者簡介

韓端勇
國立台灣科技大學電子所碩士、國立中興大學應數所博士。現為建國科技大學電腦與通訊工程系助理教授。

MATLAB數位信號處理

作　者	王彬 等編著 夏至賢 校訂
ISBN	978-957-11-6742-8
書　號	5DF0
出版日期	2012/08/01 (1版1刷)
頁　數	496
定　價	540

本書簡介

　　本書內容包含基礎知識以及常用的數位訊號處理工具、離散時間訊號及其運算、離散時間訊號之頻域分析、系統和轉換、數位濾波器結構、數位濾波器設計、多速率數位訊號處理、基於之通信訊號處理、語音訊號處理以及影像訊號處理。最後以由淺入深的方式，介紹數位訊號處理的基本理論和方法，並配合實例說明在數位訊號處理中的應用。

校訂者簡介

夏至賢
淡江大學電機博士。現任國立臺灣科技大學電機工程系專任博士後研究、國立臺北教育大學資訊科學系兼任助理教授、淡江大學電機工程學系兼任助理教授。

MATLAB數值分析

作　者	周品、何正風 編著 溫坤禮 校訂
ISBN	978-957-11-6741-1
書　號	5DE5
出版日期	2012/08/01 (1版1刷)
頁　數	448
定　價	520

本書簡介

　　本書將數值分析方法和計算的可視化作為重點，同時將MATLAB的使用和編程的基本技巧滲透於其中。書中還列舉了大量例題，範圍從方法原理、算法的基本應用到理論的歸納與延伸。透過這些例題，可使讀者進一步理解數值分析的實際應用。

校訂者簡介

溫坤禮
國立中央大學機械工程研究所系統組博士。現為建國科技大學教授(灰色系統分析研究室)、台灣灰色系統學會秘書長與計量管理期刊理事。

MATLAB程式設計實務入門

作　者	丁毓峰 編著、溫坤禮 校訂
ISBN	978-957-11-6697-1
書　號	5DE7
出版日期	2012/06/01 (1版1刷)
頁　數	416
定　價	520

本書簡介

　　MATLAB可以進行矩陣運算、繪製函數和資料、演算法實現、創造使用者介面以及連接其他編程語言的程式等。本書結合了大量不同領域的實際案例，全面、系統、深入地介紹了MATLAB基礎知識，並且以大量的程式加諸於講解過程之中，在讀完本書後，相信讀者應該可以具備有使用MATLAB進行領域問題求解的能力。

校訂者簡介

溫坤禮
國立中央大學機械工程研究所系統組博士，現為建國科技大學電機工程學系教授(灰色系統分析研究室)、計量管理期刊理事及台灣灰色系統學會秘書長。

科技英語論文寫作
Practical Guide to Scientific English Writing

作　者　俞炳丰 著、陸瑞強 校訂
I S B N　978-957-11-4771-0
書　號　5A62
出版日期　2009/07/06 (1版3刷)
頁　數　372頁
定　價　520元

本書簡介

　　本書從實用角度出發，以論述與實例相結合的方式介紹科技英語論文各章節的寫作要點、基本結構、常用句型、時態及語態的用法、標點符號的使用規則，常用詞及片語的正確用法以及指出撰寫論文時常出現的錯誤。書中英文例句和段落，摘自許多參考的專著和五十餘種不同專業領域國際學術期物上的論文。附錄中列有投稿信函、致謝、學術演講和圖表設計及應用的注意事項等。適用於博士生、研究生、高中教師和研究院所的科學研究人員，還可用於對國際學術會議參與人員的培育。

作者簡介

陸瑞強
臺灣大學電機工程研究所固態物理組博士，現為國立宜蘭大學助理教授。曾任經濟部智慧財產局專利審查委員及清雲技術學院(現改名清雲科技大學)助理教授。

EndNote & RefWorks
論文與文獻寫作管理
(附光碟)

作　者　童國倫、潘奕萍
I S B N　978-957-11-6178-5
書　號　5A56
出版日期　2010/12/15 (3版1刷)
頁　數　440頁
定　價　650元

本書簡介

　　本書一共分為九章，一到四章是EndNote及EndNote Web的操作，包括帶領讀者建立個人Library收集大量資料、利用進階管理技巧將資料進行整理和分享，以及利用範本精選建立起段落、格式都符合投稿規定的文件，並自動形成正確的參考書目(Reference)引用格式。第五到第七章則是RefWorks的部分，由於RefWorks是雲端版的管理軟體，因此在操作上也有特殊性，尤其可將網頁擷取為書目的功能更是一大特色。第八和第九章直接引導讀者進入Word進階功能，例如中英雙欄對照的版面製作、功能變數設定，以及自動製作索引的技巧等。本書也將查詢期刊排名(JCR)的方法撰寫於書末，務使一切與論文管理與寫作有關的項目都可以在本書中找到解決方案。

作者簡介

童國倫
現為中原大學化學工程學系教授及薄膜技術研發中心主任、英國過濾協會(TFS)理事、英國Filtration期刊編輯委員、Elsevier出版國際SCI期刊J. TIChE 編輯委員、國際水協會(IWA)薄膜技術組副祕書長暨經理委員。並獲得2012年第十一屆世界過濾會議(WFC11; Graz, Austria)國際學術委員之殊榮。
潘奕萍
國立台灣大學圖書館學系，曾任國立台灣大學圖書館學系專任助教、國立台灣大學圖書館推廣服務組組員。

研究你來做，論文寫作交給
EndNote X Word!

作　者　童國倫、潘奕萍 著
I S B N　978-957-11-5919-5
書　號　5A63
出版日期　2011/01/12 (4版2刷)
頁　數　348頁
定　價　680元

本書簡介

　　本書帶領讀者收集大量資料、利用進階管理技巧將資料進行整理和分享，並製作段落、格式都符合投稿規定的文件，自動形成正確的參考書目(Reference)引用格式，亦講解中英雙欄對照的版面製作、功能變數設定等技巧。也將查詢期刊排名(JCR)以及查詢熱門期刊和作者的方法(ESI)撰寫於書末，務使一切與論文管理與寫作皆可在本書中找到解決方案。

作者簡介

童國倫
現為中原大學化學工程學系教授及薄膜技術研發中心主任、英國過濾協會(TFS)理事、英國Filtration期刊編輯委員、Elsevier出版國際SCI期刊J. TIChE 編輯委員、國際水協會(WA)薄膜技術組副祕書長暨經理委員。並獲得2012年第十一屆世界過濾會議(WFC11; Graz, Austria)國際學術委員之殊榮。
潘奕萍
國立台灣大學圖書館學系，曾任國立台灣大學圖書館學系專任助教、國立台灣大學圖書館推廣服務組組員。

研究資料如何找？
Google It！

作　者　童國倫、潘奕萍
I S B N　978-957-11-5799-3
書　號　5A76
出版日期　2010/01/14 (初版2刷)
頁　數　288頁
定　價　650元

本書簡介

　　本書則著重於Google能為學術研究者帶來哪些變化和幫助，附錄是期刊排名資料庫JCR以及ESI，由於許多人對於搜尋到的大量資料不知該透過哪種工具進行篩選，在填寫各項研究成果表格時亦不知如何進行，因此特別將其操作方式和意義加以說明，希望讀者能夠從資料搜尋、資料篩選到資料應用都在此得到答疑。

作者簡介

童國倫
現為中原大學化學工程學系教授及薄膜技術研發中心主任、英國過濾協會(TFS)理事、英國Filtration期刊編輯委員、Elsevier出版國際SCI期刊J. TIChE 編輯委員、國際水協會(IWA)薄膜技術組副祕書長暨經理委員。並獲得2012年第十一屆世界過濾會議(WFC11; Graz, Austria)國際學術委員之殊榮。
潘奕萍
國立台灣大學圖書館學系，曾任國立台灣大學圖書館學系專任助教、國立台灣大學圖書館推廣服務組組員。

Logistic回歸模型－方法及應用

Logistic Regression Models: Methods and Application

作　　者	王濟川、郭志剛 編著
ＩＳＢＮ	978-957-11-3646-2
書　　號	5H03
出版日期	2010/06/08 (2版4刷)
頁　　數	352頁
定　　價	380元

本書簡介

　　本書介紹在分析二分類因變量時最常使用的統計分析模型之一－－Logistic回歸模型。透過例題分析，結合計算機統計軟體的使用，詳細闡述該模型原理及其應用；同時，還介紹了如何將Logistic回歸模型擴展到序次Logistic回歸模型和多項Logit模型，以分析序次變數和多分類名義變數為因變數的數據。書中還提供用SAS和SPSS進行具體例題分析的計算機程序及相關數據，並對這兩種軟體的模型估計結果進行詳盡的解釋和對比分析。

作者簡介

王濟川
美國康乃爾大學社會學博士、美國密歇安大學人口研究中心博士後，現為美國俄亥俄州懷特州立大學醫學院社區衛生系教授。
郭志剛
中國人民大學人口研究所法學博士、加拿大西安大略大學社會學碩士、美國布朗大學人口研究中心博士後，現為北京大學社會學系教授。

化學隨筆－行走在科學的世界裡

作　　者	(俄)尼查耶夫 著、王力 譯
ＩＳＢＮ	978-957-11-5199-1
書　　號	5A66
出版日期	2010/11/17 (1版2刷)
頁　　數	368頁
定　　價	250元

本書簡介

　　作者是俄國著名的科學家和作家尼查耶夫。在本書中，作者將帶領你深入物質的內部，揭開世界的構造之謎。微不可見的原子分子，像一個個美麗的天使一樣，在造物的安排下，依照美的規律排列，形成了我們生存的世界一宇宙。無論是一滴水還是遙遠的星球，無不是這小小天使的傑作。
　　本書把無形的化學發現和化學變化編入故事當中，並描述了著名科學家－門捷列夫、居禮夫人、諾貝爾的生平軼事，是一本關於化學科學既通俗易懂又輕鬆耐讀的入門讀物。

作者簡介

尼查耶夫
尼查耶夫是俄國科學家和作家，曾任《知識就是力量》月刊主編。他熱衷科學研究，人們評價他的作品「善於使談科學的書擺脫枯燥的講義和素材而自成一體」。

自然隨筆－行走在科學的世界裡

作　　者	(法)法布爾著、王力譯
ＩＳＢＮ	978-957-11-5200-4
書　　號	5A67
出版日期	2008/08/01 (1版1刷)
頁　　數	324頁
定　　價	250元

本書簡介

　　本書是法國昆蟲學家法布林的著作，作者以講故事的方式為讀者揭開自然的奧秘：螞蟻築城、動物的壽命、彩色的泥土、羊的衣服、蜘蛛的橋、聲音的速度、日夜更替、春秋變換、蝸牛和珍珠、火山與地震等諸如此類。法布林運用妙趣橫生的語言，描述了日常生活中蘊含的科學道理。在聆聽生動有趣的故事的同時，已置身於自然科學的殿堂之中。
　　這部美妙的自然科普讀物，啟發著全世界的青少年推開科學之門。

作者簡介

法布爾 (1823-1915)
法布爾是世界著名的法國昆蟲學家，擁有數學、物理學、博物學等等學士學位，曾兼任博物館的館長。年輕時期的法布爾曾經為數學與化學深深著迷，但是後來發現動物世界更加地吸引他，在取得博士學位後，即決定終生致力於昆蟲學的研究。這段期間法布爾也以他豐富的知識和文學造詣，寫作各種科普書籍。

物理隨筆－行走在科學的世界裡

作　　者	(俄)貝列里門 著、王力 譯
ＩＳＢＮ	978-957-11-5201-1
書　　號	5A68
出版日期	2009/11/26 (1版2刷)
頁　　數	388頁
定　　價	250元

本書簡介

　　貝列里門首先向我們像我們提出一個問題：「同一天早上八點，一個人能否同時出現在海參崴和莫斯科？」答案是肯定的。你知道是為什麼嗎？作者通過日常生活現象的描述，揭開了這些現象背後的科學原理：眼睛的錯覺、風從哪裡來、乘砲彈上月球、雪為什麼是白的等。這樣的問題你平時是否思考過呢？

作者簡介

貝列里門
貝列里門是俄國大革命時期著名的科學家、教育家，本書是他的第一部科普作品。這本書暢銷出版之後，他又接連推出《行星之旅》、《數學聯想》等科普著作。

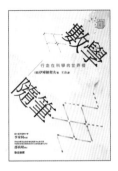

數學隨筆－行走在科學的世界裡

作　　者　(俄)伊庫納契夫 著、
　　　　　王力 譯
ＩＳＢＮ　978-957-11-5202-8
書　　號　5A69
出版日期　2008/11/24 (1版2刷)
頁　　數　320頁
定　　價　250元

本書簡介

　　伊庫納契夫把枯燥的數字還原到現實世界中來，無論是遊戲還是太陽光影、駕車的馬匹、樂園的迷宮等，都成為數學的教具。怎樣測量埃及的大金字塔？如何最快的玩魔方遊戲，如何找到迷宮的出口，所有這些都可以通過數學運算得到答案，你能想的到嗎？

　　這本引人入勝的科學讀物，曾為無數青少年開啟了數學王國的奇妙之旅。

作者簡介

伊庫納契夫
　　伊庫納契夫俄國著名的科普作家。本書是世界十大科普名著之一，是作者最精采的一本著作，也是數學科普書中最暢銷的一種。

運動與科學
Sport and Science

作　　者　邱宏達 著
ＩＳＢＮ　978-957-11-6880-7
書　　號　5C02
出版日期　2012/12/01 (1版1刷)
頁　　數　272頁
定　　價　280元

書籍簡介

　　本書嘗試將科學的方法運用在競技運動上，使有效提昇競技運動學習的效果。除此之外，也可以藉由對運動科學的認識，幫助欣賞比賽和了解某些運動技術的科學原理，進而增加對於競技運動的興趣。

作者簡介

邱宏達
　　現任國立成功大學體育健康與休閒研究所副教授、行政院體委會「運動人才培訓運科小組」委員，曾獲選為國立成功大學自然科學類通識優良教師(第三、七屆)。

能源危機
Energy Crisis

作　　者　丁仁東 編著
ＩＳＢＮ　978-957-11-5730-6
書　　號　5A74
出版日期　2009/09/01 (1版1刷)
頁　　數　272頁
定　　價　450元

本書簡介

　　未來當石油漸漸耗盡，替代能源卻遲遲未能上場之際，世界會有怎樣的發展？後石油時代的人類社會會經過急劇的變動嗎？我們預備好面臨這個長期的能源危機嗎？大家是否意識到前不久發生的金融海嘯可能只是這一場災難的序幕？

　　本書蒐集許多資料，期盼對能源危機這個題目作深入的考察，內容包括：能源革命、石油的形成與儲油層構造、石油的探堪與開採、石油產量高峰、替代能源、全球暖化、能源危機對人類社會會衝擊、未來的展望等等，希望藉著這些所提供體材，讀者能對石油這個能源並它對人類社會所造成影響有更深的認識，從而了解能源危機這個問題的本質，產生正確危機意識的考量。

作者簡介

丁仁東
　　美國杜克大學地質系博士、美國邁阿密大學電機系計算機工程組碩士、國立台灣大學海洋研究所碩士、清華大學物理系學士，曾任美國邁阿密社區大學兼任教授、美國Sungard保險公司高級程式設計師、美國邁阿密大學電腦經理暨研究員。現為崑山科技大學財務金融系助理教授。

科學與宗教－400年來的衝突、挑戰和展望
Science and Religion-400 Years of Conflict, Challenge and The Future Outlook

作　　者　李雅明 著
ＩＳＢＮ　978-957-11-5448-0
書　　號　5A71
出版日期　2008/12/16 (1版1刷)
頁　　數　400頁
定　　價：380元

本書簡介

　　本書以歷史的眼光來探討科學與宗教之間的關係。因為近代科學是在西歐興起的，而西歐國家主要的宗教是基督教，因此，科學與宗教的衝突也就首先發生在科學與基督教之間。本書接著討論科學與世界上其他主要宗教的關係，包括儒教、佛教、印度教、猶太教和伊斯蘭教。

　　本書也介紹了許多近代著名科學家對於宗教的看法。希望本書對科學與宗教這兩種人類重要活動的探討，能對有興趣的讀者有所幫助。

作者簡介

李雅明
　　國立台灣大學物理系學士、美國馬利蘭大學固態物理學博士、曾任美國休斯研究所(Hughes Research Laboratories)計畫經理、美國凱斯西方儲備大學(Case Western Reserve University)電機與應用物理系教授和清華大學電子工程研究所所長、出版社社長。現為清華大學電機系教授。

國家圖書館出版品預行編目資料

淡定學RefWorks／童國倫等著. －－初版.
－－臺北市：五南，2012.12
　面；　公分
ISBN 978-957-11-6886-9（平裝）
1.論文寫作法　2.電子資料處理
3.書目資料庫　4.套裝軟體
811.4029　　　　　　　101020850

5A88

淡定學RefWorks

作　　者 — 童國倫　張楷焄　林義峯

發 行 人 — 楊榮川

總 編 輯 — 王翠華

主　　編 — 穆文娟

責任編輯 — 楊景涵

封面設計 — 簡愷立

出 版 者 — 五南圖書出版股份有限公司

地　　址：106台北市大安區和平東路二段339號4樓

電　　話：(02)2705-5066　　傳　　真：(02)2706-6100

網　　址：http://www.wunan.com.tw

電子郵件：wunan@wunan.com.tw

劃撥帳號：01068953

戶　　名：五南圖書出版股份有限公司

台中市駐區辦公室/台中市中區中山路6號

電　　話：(04)2223-0891　　傳　　真：(04)2223-3549

高雄市駐區辦公室/高雄市新興區中山一路290號

電　　話：(07)2358-702　　傳　　真：(07)2350-236

法律顧問　元貞聯合法律事務所　張澤平律師

出版日期　2012年12月初版一刷

定　　價　新臺幣450元